अध्यवसाय

(लघुकथा संग्रह)

नूतन गर्ग

Delhi-110089, India

प्रथम संस्करण : 2021
ISBN : 978-93-90889-48-8

मूल्य : 195/-

© सम्बंधित रचनाकार के अधीन
आवरण : ज्योति

अध्यवसाय
-नूतन गर्ग

Adhyvasay
-Nutan Garg

Published by
PRAKHAR GOONJ PUBLICATION
H-3/2, Sector-18, Rohini, Delhi-110089
Email : prakhargoonj@gmail.com
       sinha.neelu123@gmail.com
Ph. : 011-42635077, 7982710571, 7838505899
web : prakhargoonjpublications.com

श्री विद्यासागर आर्य, श्रीमती कौशल रानी

श्री सुरेश गर्ग, श्रीमती बृजबाला गर्ग

समर्पण

मेरे जन्मदाताओं व सास–ससुर को

पूज्य माता जी श्रीमती कौशल रानी, पूज्य पिता जी स्व० श्री विद्यासागर आर्य पूज्य सासू मां श्रीमती बृजबाला गर्ग एवं पूज्य ससुर जी श्री सुरेश कुमार गर्ग को जिनके आशीर्वाद से मैं इस योग्य बन सकी

तथा

नयी पीढ़ी मुदित गर्ग, डाक्टर वर्धन गर्ग व मेरी कंप्यूटर बेटी प्रमिति गर्ग को स्नेह। साथ में उन्हें भी मेरी श्रद्धांजलि जो अब इस दुनिया में नहीं हैं पर फिर भी साथ हैं मेरे प्यारे–प्यारे बच्चे ब्रूनों, विन्नी, पिकाचू। इमली व उसके तीन बच्चों को प्यार।

लेखकीय उद्गार

एक छोटी सी जगह कालागढ़ (उत्तराखंड) में, जहां सब एक दूसरे को अच्छे से पहचानते थे। जीवन चक्र वहीं से प्रारंभ हुआ। हम सात बहन–भाई (पूनम गोयल, मुकेश गोयल, रश्मि गुप्ता, रजनी अग्रवाल, राकेश गोयल, ऋतु गोयल) परंतु सभी अलग विचारों वाले फिर भी खुशहाल जीवन चक्र।

बचपन से ही पढ़ने–पढ़ाने और कुछ अलग करने का विचार मन में उथल–पुथल मचाता रहा। शायद यह नाम का ही कमाल है जो मम्मी, पापा ने मुझे दिया है।

इसी के चलते एम ए अर्थशास्त्र व बी एड भी कर लिया। थोड़े दिन अध्यापिका के पद पर कार्यरत भी रही। इसी दौरान परंपराओं के चलते कुसमुसाते मन से शादी के बंधन में भी बंध गई। जीवन का नया अध्याय शुरू हुआ इस दुनिया में। कुछ समाज सेवा का लुत्फ भी उठाया। सच कहूं! ज़िंदगी ही बदल गई मेरी। क्या सोचा था और क्या हो गई? दो प्यारे बच्चों की परवरिश भी करने का मौका प्राप्त हुआ। वैसे तो मुझे सारे पेड़–पौधे, पशु–पक्षी, जानवर और सारी दुनिया के असहाय लोग भी बच्चों जैसे लगते हैं।

अब जब बच्चे बड़े हो गए, तब फिर दिमाग में घोड़े दौड़ मचाने लगे। नौकरी करनी नहीं, खाली बैठना नहीं क्योंकि 'खाली दिमाग शैतान का घर होता है' यह कहावत मुझे अपने ऊपर लागू नहीं करवानी। सोचते ही काम ढूंढने निकल पड़े शादी के पच्चीस साल बाद। अपनी सिल्वर जुबली को यादगार बनाने हेतु।

बस फिर क्या था, एक के बाद एक नए विचारों ने चहलकदमी प्रारंभ कर दी। एक दिन यूं ही बैठे–बैठे मुझे परेशान देख सासू मां बोल पड़ीं "बेटे तुमको लिखने का शौक है तो क्यों नहीं लिखकर अपने मन की खुशी लौटा लो।"

"बस मिल गई डगर, बढ़ गए कदम, उठ गई कलम, और चल पड़े एक नए सफर में।"

जहां से पीछे मुड़कर नहीं देखा। इसमें जिन्होंने मेरा मार्गप्रशस्थ किया उनका नाम तो लेना बनता है यहां। शुरुआत में जिन्होंने ऊंगली पकड़कर आगे बढ़ना सिखाया वे मां–बाप हैं और जो पूरी ज़िंदगी ऊंगली पकड़कर साथ निभाते हैं वे हैं अपने बच्चे और पति देव।

इस सफर में मुझे घर में भी सभी का साथ प्राप्त हुआ। मेरी भाभी (गरिमा गोयल, माला गोयल) मेरी ननद–नंदोई (प्रीति, संजय गुप्ता, नीता, सुनील गोयल) मेरे बहनोई (ललित भूषण, संजय गुप्ता, मनोज अग्रवाल, पंकज गर्ग) और घर के सभी प्यारे बच्चे।

साहित्य की दुनिया भी बस ऐसी ही है, जिसमें भी कई लोग आपको उंगली पकड़कर आगे बढ़ना सिखाते हैं। अगर उंगली पकड़ी रखी तो आगे की साहित्यिक यात्रा आपको सुकून देती है। मैं अपने इस प्रारंभिक साहित्यिक यात्रा में उनको भी याद करना चाहती हूं जिनके आशीर्वाद से या यूं कहूं कि उनके हौंसला अफजाई से मैं आज यहां तक पहुंच पाई हूं। वे इस प्रकार हैं.....

आ० उमाकांत भारती जी, आ० आचार्य संजीव सलिल वर्मा जी, आ० कांता राय जी, आ० सदानंद कविश्वर जी, आ० कुलीना जी, आ० राजकुमार कांदू जी, आ० चंद्रमणिलाल जी, डा० अर्पण जैन अविचल जी, आ० सुभाष चंदर जी, डॉ विजय कुमार सिंघल जी, आ० अर्पणा गुप्ता जी, आ० बबीता कंसल जी, आ० अंजू खरबंदा जी, डा० अंजू लता सिंह जी, आ० नेहा शर्मा जी, आ० दीप्ति शुक्ला जी, आ० पूनम तिवारी जी, आ० रश्मि दी, आ० बिजेंद्र जैमिनी जी, आ० शावर भगत जी, आ० अनुपमा सोलंकी जी व मेरे सभी साथी कलमकार और शुभचिंतक, जिनके हौंसला अफजाई की वजह से आज मैं इस लायक हो पाई हूं कि अपने मन में उठते सवालों को लघुकथाओं का रूप दे पा रही हूं।

वैसे तो मैंने अपनी कलम हिन्दी की सभी विधाओं पर चलाई है जैसे– कविता, दोहा, चोका, घनाक्षरी, हाइकु, संस्मरण, विचार आदि।

कई समाचार पत्रों व पत्रिकाओं में अपने विचार समय–समय पर प्रकाशित होते रहते हैं और फेसबुक, वाट्सअप पर कई ऐसे मंच हैं, जहां अपने विचारों को नई दिशा प्राप्त होती हुई भी दिखाई दी। कई ब्लॉग भी अपने नाम कर लिए इस बीच जैसे– स्टोरी मिरर, हिन्दी प्रतिलिपि, जय विजय, हिन्दी लेखक आदि।

कुछ सांझा संकलन में भी अपनी सहभागिता रही। जैसे–

जागो अभया, काव्यस्पंदन, समाज ज्योति, अविरल प्रवाह, समय की दस्तक, भाषा सहोदरी, आरूषि, अर्पण साहित्यांजलि, प्राज्ञ साहित्य, कोरोना काल में साहित्य, नवजागरण, समर्धा, अनुभव पत्रिका, डायमंड बुक्स, HMTV में कविता पाठ, M4 news, राष्ट्रीय जनमोर्चा व इंडिया समाचार चैनलों के माध्यम से अपनी आवाज लोगों तक पहुंचाई, संस्मय प्रकाशन की ज्यादातर सभी पुस्तकों में प्रकाशन, आदि कई पुस्तकों में प्रकाशन।

इसके अलावा विभिन्न पत्र–पत्रिकाओं में समय–समय पर रचनाएं प्रकाशित होती रहती हैं। जैसे– दैनिक जागरण, अमर उजाला, हरियाणा प्रदीप, अमर प्रभात, अपराधों की दुनिया, निर्दलीय, नवीन क़दम आदि।

यह लघुकथा संग्रह मेरी अकेले की मेहनत नहीं है। यह उन सभी की मेहनत का नतीजा है जो मेरे आसपास हैं और मुझे प्रश्न पूछने पर मजबूर कर देते हैं? सोई आत्मा में फिर रंग भर बिखेरने को मजबूर कर देते हैं।

आप सभी का आशीर्वाद बना रहे और बाकी बची ज़िंदगी भी यूं ही हंसते–खेलते बीत जाए यही तमन्ना है मेरी।

इच्छा है मेरी बाकी बची ज़िंदगी भी उन सबके नाम कर दूं जिन्हें ज़रूरत है मेरी, तभी तो भगवान को मुंह दिखाने लायक बनूंगी।

"निरंतर जीवन को गति देना है मेरा काम,

कुछ सुनना और कुछ सुनाना है मेरा काम,

कल का किसको पता है मेरे यारों,

बस आज को जीना ही है मेरा काम।"

एक बार पुनः सभी का हृदय से धन्यवाद व्यक्त करना चाहती हूं जिनके साथ होने से मैं यहां तक पंहुच पाई।

गतिविधियां–

मुझे समाज सेवा करने का अवसर प्राप्त होता रहता है समय–समय पर। जिसमें मैं तत्परता से सम्मिलित होकर अपनी यथाशक्ति से योगदान देती रहती हूं जैसे– गुरुकुल कांगड़ी हरिद्वार में अनाथ बच्चे की पढ़ाई का खर्च वहन किया, महिला कला केन्द्र तथा डी ए वी इंटर कालेज में पानी के कूलर लगवाए, UNISEF में हर महीने दान–दाताओं की सूची में सम्मिलित हूं, अपने आस–पास के गरीब बच्चों को निःशुल्क पढ़ाई, नृत्य और अनेक गतिविधियों को सिखाने में संलग्न रहती हूं, आवारा जानवरों व पक्षियों का हर प्रकार से ध्यान रखती हूं, गाय की सेवा करने का जब भी मौका मिलता है चूकती नहीं हूं। कोढ़ी आश्रम, वृद्धाश्रम, अनाथ आश्रम आदि सभी में अपने से जो बन पड़ता है वह सेवा देने में तत्पर रहती हूं। आजकल साईं मंदिर दिल्ली में सेवा का कार्य कर रही हूं।

फूल–पौधों से प्रेम और वातावरण से प्रेम ने मुझे अपनी छत पर बगीचा बनाने के लिए प्रेरित किया। कोरोना के चलते वह भी लहलहा रहा है।

साहित्यिक गतिविधियों के चलते कई ब्लॉगस भी अपने नाम कर लिए हैं हमने। जहां सुनाने का अवसर प्राप्त होता है वहां सुना देते हैं बाकि लिखकर अपनी बात लोगों के हृदय तक पहुंचाने में विश्वास रखते हैं। दिल्ली में समय–समय पर साहित्यिक अधिवेशन में जाने का अवसर प्राप्त हुआ है। समाचार पत्रों में भी अपनी रचनाएं प्रकाशित होती रहती हैं।

"सेवा में ही मेवा है, तो क्यों नहीं मेरा है,

सब है जो तेरा है, फिर भी सेवा ही मेरा है।"

गृहिणी, लेखिका, कवयित्री, समाज सेविका, महिला काव्य मंच उ.पू. दिल्ली की उपाध्यक्ष, साहित्य अर्पण मंच की सहअलंकरण।

नूतन गर्ग

भावनाएं समर्पण

यह एक बहुत ही सुख का पल है हमारे परिवार के सदस्यों के लिए, कि मेरी पत्नी अपनी पहली पुस्तक प्रति के द्वारा हमको भी गौरवान्वित होने का अवसर प्रदान कर रही है! अपनी धुन की पक्की और मजबूत इरादों की धनी नूतन जी अपनी राह पर एक पूर्ण रूप से पारिवारिक जिम्मेदारी को कुशलता से संभालते हुये और अच्छी तरह से निभाते हुए निरंतर आगे की ओर अग्रसर हैं। अपने सपनों और शौक को एक स्वरूप देने के प्रयत्न में निरंतर अग्रसर रहती हैं। अपने इस व्यस्त पारिवारिक रोजमर्रा के कार्यों से कब अपने लिए समय निकाल लेती हैं यह हमारे लिए एक आश्चर्य का विषय है।

उनकी इन लघुकथाओं के प्रथम प्रयास के लिए मैं अपनी समस्त शुभकामनाएं समर्पित करते हुए आप लोगों से भी उम्मीद रखता हूं कि इस हिंदी के उभरते हुए एक कलमकार की रचनाओं को आप पूरी तन्मयता से अपना समर्थन देते हुये इनका हौसला अफजाई करें। ताकि ये अपने आगे आने वाले समय में आप लोगों को अपनी स्वच्छंद भावनाओं से ओतप्रोत कर सकें! एक दिन किसी के लिए भी पहला कदम रखना बहुत भारी होता है। यदि उसको पूरा समर्थन मिले तो नई दिशाएं और नए आयाम हासिल करना आसान हो जाता है, यही एक आशा है!

अंत में, मैं नूतन जी को हमें गौरवान्वित होने का अवसर देने के लिए हृदय से धन्यवाद देता हूं और आगे आने वाले उनके नई रचनाओं की इंतजार करूंगा! सभी शुभकामनाओं के साथ यहीं विराम देता हूं!

मुदित गर्ग
आयकर विभाग
दिल्ली

भूमिका

हिंदी साहित्य लेखन के क्षेत्र में श्रीमती नूतन गर्ग जी एक परिचित नाम है। आप कई सामाजिक संस्थाओं से भी जुड़ी हुई हैं। असहायजनों की मदद और सही मार्गदर्शन करना इनके जीवन का महती लक्ष्य है। इसका स्पष्ट प्रभाव इनकी लघुकथा संग्रह से गुजरते हुए मुझे देखने को मिला।

लघुकथा संग्रह एक कठिन विधा है। इसकी संरचना में कसावट का विशेष ध्यान रखना होता है। हल्का–सा एक छिद्र यानी एक फालतू शब्द भी इसे कमजोर बना सकता है। इसे अणुबम भी कहा जा सकता है जो शक्तिशाली बिस्फोट तो करता है लेकिन यह विनाशकारी नहीं होता है, बल्कि पाठक–मन की सुप्त पड़ी माननीय संवेदना को सजग कर देता है। यही लघुकथा संग्रह की सार्थकता भी होती है। लघुकथा संग्रह में यही जीव तत्व इसे जीवंतता प्रदान करता है जो इनकी लघुकथाओं में भी मुझे देखने को मिला। एक प्रबुद्ध नारी होने के नाते इन्हें नारी मन की व्यथा और ममता को अपनी लघुकथा संग्रह में प्रभावशाली ढंग से उकेरने में अभूतपूर्व सफलता मिली है जो पाठक मन को भ्रमित नहीं करता बल्कि माननीय संवेदना के सौंदर्य बोध से सिंचित भी करता है। इनकी लघुकथा संग्रह मेरे संसार को और भी विस्तार देती है। रंग बिरंगे जीवन दर्शन से रूबरू करवाती है। मेरा विश्वास है कि पाठक मन को भी कुछ नई खुराक चखने को मिलेगी। ...''डिब्बी में कैद समाज'' में आधुनिक जीवन शैली में मोबाइल और वीडियो ने क्रांतिकारी उपस्थिति दर्ज कर ली है जिसने दूरदराज रह रहे परिजनों को भी नजदीक लाकर खड़ा कर दिया है। इसका साक्षात्कार कर बुजुर्ग भी लाजवाब हो जाते हैं। वहीं ''नई उछाल'' एक नई सोच लेकर मेरे सामने आयी जिस तरफ हमारा ध्यान पहले कभी नहीं जा सका। 'अपनों के पुण्यतिथि पर मीठे पकवान क्यों?' यह लघुकथा संग्रह हमें नई दृष्टि देती है और सोचने पर विवश कर देती है। ''एकांत नहीं अकेलापन'' में घर की एक वृद्धा की संवेदना उभर कर सामने आती है जब मायके से आई उसकी बेटी पूछती है ——''मां, घर में कोई दिखाई नहीं दे रहा...सब कहां हैं?'' मां का संक्षिप्त जवाब होता है–''... सब व्यस्त हैं।'' और फिर वे कहती हैं... ''अच्छा किया कि तुम आ गई मेरी आंखें भी खुल जाएगी और मुंह में जो सड़न पैदा हो गई थी अब दूर हो जाएगी।'' घर में सब हैं लेकिन उनके लिए कोई नहीं यह वेदना कितनी बड़ी है? ''आओ हाथ बढ़ाएं'' में एक नया प्रयोग देखने को मिला। अपने परिजनों का श्राद्ध कर्म तो सभी करते हैं लेकिन किसी कारणवश जिन लोगों का नहीं हो पाता, उनको तर्पण देना विशाल हृदय का परिचायक है न! ''अंतरात्मा की आवाज'' मृत्यु के पहले समाज के लिए कुछ बेहतर करने का जज्बा लेकर आई है। ...निराश्रित रहने का अपना एक अलग ही सुख होता है जो ''आत्मसम्मान''

में है। जब तक शरीर में दमखम है तब तक किसी पर बोझ बनने के लिए तैयार नहीं होती एक बूढ़ी औरत! ''नया अध्याय'' हमें उत्प्रेरित करता है कि अपना हाथ जगन्नाथ और जगन्नाथ को कभी पराश्रित नहीं बनावें।

'सपने' तो सही देखते हैं। हमारा भविष्य अच्छे सपने से ही सबल और पुष्ट होता है इसलिए हम सपने देखें और उसे पूरा करने का जज्बा भी रखें। ''दबंग'', अक्सर इस शब्द का प्रयोग उस व्यक्ति विशेष के लिए किया जाता है जो समाज में अपनी गुंडई की वजह से चर्चा में आता है, लेकिन जब अच्छे काम के लिए कोई दबंग हो जाए तो? एक नया प्रतिमान लेकर आई है यह लघुकथा! विश्वास ही रिश्ते की सांसें होती हैं जो दो दिलों को आजीवन जोड़े रखता है। रिश्ते नाते आजीवन इसी ''विश्वास'' रूपी पुल से मजबूत होते रहते हैं। अनारक्षित बेरोजगार युवाओं का दर्द ''किस्सा कुर्सी का'' में उभरा है। ...जब आत्मज इतनी दूर चले जाएं कि उनके होने या ना होने का जीवन में कोई मोल नहीं रह जाता। ऐसे में पराए लोग भी अपने बन जाए तो इसका सुखद एहसास है ''दूर एक नाव'' में। ''जिद्दी परिंदा'' चीख-चीख कहता है- ''सबसे महत्वपूर्ण होता है अपना शरीर! यही हमारा खजाना है। आये दिन कुछेक लोग गांजा, भांग, शराब आदि नशे में पड़कर अपना जीवन बर्बाद तो करते ही हैं साथ ही अपने लोगों को भी तबाह कर देते हैं। यह ''दिशा भ्रम'' ही तो है। बच्चों की अच्छी परवरिश ही माता-पिता को घर में ही स्वर का एहसास करा देता है, इसकी वकालत करती है लघुकथा संग्रह ''परवरिश''। माता-पिता के बीच का कलह बाल-मन की कोमलता को कुंठित कर देता है और ''उड़ने के पहले ही'' पंख फैलाने की चाहत खत्म हो जाती है। इस संकलन की सभी लघुकथा संग्रह पठनीय हैं। इसमें से कुछेक ने मुझे काफी प्रभावित किया है। मुझे विश्वास है कि इनकी लघुकथाएं पाठक को अच्छी लगेंगी और एक स्वच्छ नई चेतना का पाठक मन में ध्रुवीकरण भी होगा।

श्रीमती नूतन गर्ग जी को बहुत-बहुत धन्यवाद देना चाहता हूं कि उन्होंने अपनी लघुकथा का पीडीएफ पढ़ने का शुभ अवसर मुझे दिया। आगे भी आपकी लेखनी इसी तरह दौड़ती रहे और हिंदी साहित्य जगत को पुष्ट करे... इसी विश्वास के साथ आपके उज्जवल भविष्य की कामना करता हूं।

उमाकांत भारती, संपादक
''पलाश'', भागलपुर (बिहार)
कैंप जयपुर (राजस्थान)
मोबाइलः 9608228922

'अध्यवसाय' लघुकथा का नया अध्याय

लघुकथा तब से कही–सुनी जा रहीं हैं, जब से मानव ने बोलना सीखा।

विश्व के हर आदि मानव समूह और हर भाषा–बोली में लघुकथाएँ कही और सुनी गई हैं।

आदिवासियों की बोलियों में चिरकाल से कही–सुनी गई लघुकथाएँ शिलापट, रंग और तूलिका पर शैलचित्रों के रूप में अंकित की गई।

समय के साथ लघुता व कलात्मकता से संपन्न लघुकथा, पंचतंत्र और हितोपदेश के सोपानों से होते हुए इस समय और समाज की समस्याओं को सृजन के सफों पर कहती–सुनती लघुकथा ने नूतन गर्ग की कलम को थामकर आगे बढ़ना जारी रखा है।

नूतन होने का अर्थ पुरातन न रहना नहीं है, यह तब और अब की लघुकथाओं को आत्मसात कर समझा जा सकता है।

नूतन जी वर्तमान की आँखों में आँखें डालकर, अतीत और भविष्य के मध्य सेतु बनाते हुए, जीवन–नदी के दो किनारों समस्या और समाधान के बीच लघुकथा–नौकायन स्वाभाविकता, सहजता और सोद्देश्यता सहित कर पाती हैं।

इन लघुकथाओं में आम आदमी की पक्षधरता सहज दृष्टव्य है।

नूतन जी अपने चतुर्दिक घट रहे घटनाक्रम पर पैनी नजर रखकर विसंगतियों पर शब्द–प्रहार कर लघुकथा के माध्यम से सुसंगति की प्रेरणा सीधे–सीधे नहीं देतीं अपितु लघुकथा इस तरह लिखती हैं कि पाठक के मन में अपने आप सुसंगत समाधान सूझ जाए। यह लेखन–विधि पाठक पर स्थायी प्रभाव छोड़ती है।

नूतन जी का यह लघुकथा संकलन निस्संदेह लोकप्रिय होगा। शुभकामनाएँ।

आचार्य संजीव वर्मा 'सलिल'
संपर्क– विश्ववाणी हिंदी संस्थान,
401 विजय अपार्टमेंट,
नेपियर टाउन, जबलपुर 482001
मोबाइलः 9608228922

शुभकामनाएं

श्रीमती नूतन गर्ग लेखन के विभिन्न क्षेत्रों में भूमिका निभा रही है जैसेः— लघुकथा, कविता, गीत, मुक्तक, दोहा, हाइकु, कहानी, संस्मरण आदि। लघुकथा के क्षेत्र में विशेष भूमिका सामने आई है। दिल्ली के प्रमुख लघुकथाकार (ई—लघुकथा संकलन) व इनसे मिलिए (ई— साक्षात्कार संकलन) में शामिल हो चुकी है। फिलहाल इन का अपना एकल लघुकथा संग्रह 'अध्यवसाय' पुस्तक आने के लिए तैयार हो गई है। यह लेखिका की प्रतिभा का कमाल है। जो लघुकथा के क्षेत्र में विशेष भूमिका साबित करेगा। लघुकथा साहित्य अपने आपमें बहुत विशाल रूपधारण कर चुका है। लघुकथा के क्षेत्र में डॉ. सतीशराज पुकरणा, जगदीश कश्यप, रमेश बत्तरा, डॉ. स्वर्ण किरण आदि ने अपना नाम अमर कर दिया है।

'हिंदी योद्धा' सम्मान 2020, उत्तराखंड में प्राज्ञ साहित्य सम्मान, सर्वश्रेष्ठ लघुकथाकार 2019, भाषा सहोदरी, 'हिन्दी साहित्य कर्नल' स्टोरी मिरर, गुरु वशिष्ठ सम्मान, नदी चौतन्य हिंद गौरव सम्मान, गीत गौरव सम्मान, मां वीणापाणि साहित्य सम्मान— 2020, स्वामी विवेकानन्द साहित्य सम्मान, पृकति प्रहरी सम्मान, काव्य भूषण सम्मान, टेकचंद गुलाटी स्मृति सम्मान, उत्तम चंद स्मृति सम्मान, स्वामी विवेकानंद सम्मान 2021, भारत गौरव सम्मान 2021 आदि अनेक सम्मान प्राप्त हुए हैं। ये सम्मान लेखिका को चार चांद लगाते हैं। उज्ज्वल भविष्य की कामना व 'अध्यवसाय' पुस्तक प्रकाशन की हार्दिक शुभकामनाएं व बधाई।

बीजेन्द्र जैमिनी
भारतीय लघुकथा विकास मंच
हिन्दी भवन, जैमिनी अकादमी
554—सी, सैक्टर—6 पानीपत
हरियाणा— 132103
मोबाइल— 9355003609

शुभकामनाएं

श्रीमती नूतन गर्ग का यह प्रथम लघुकथा संकलन है। नूतन जी के लेखन की यह विशेषता है कि उन्होंने जीवन में दिन–प्रतिदिन घटने वाली घटनाओं को माध्यम बना कर अपनी रचनाओं का सृजन किया है। उनके लेखन में सकारात्मकता है जो उनकी अधिकतर रचनाओं में दृष्टि गोचर होती है। उनकी संवेदनशीलता जहाँ एक ओर समाज के निर्धन वर्ग के प्रति है वहीं दूसरी ओर वे मूक पशुओं के प्रति भी सहानुभूति रखतीं हैं। उन्होंने मोबाइल फोन जैसे उपकरणों को अपनी आलोचना का शिकार बनाया है तो दूसरी तरफ बेटी की पेंसिल तथा चश्मे जैसी निर्जीव वस्तुओं को उसकी माँ द्वारा संभाल कर रखे जाने का वर्णन करके उन्होंने अपनी भावनात्मक सम्पन्नता का परिचय भी दिया है।

पुस्तक में संकलित रचनाओं को लघुकथाओं की श्रेणी में रखने पर मतभेद हो सकता है क्योंकि नूतन जी ने लघुकथा के कट्टर मानकों का हर जगह पालन किया ही हो ऐसा नहीं है। यह लेखिका का साहस ही तो है कि उन्होंने लघुकथा के कलेवर को लेकर अनेक प्रयोग किए हैं। नूतन जी के कथित साहसिक प्रयोग ही इस संकलन को अभिनव बनाते हैं। उन्होंने अपनी कथावस्तु में ही प्रयोग किए हों ऐसा नहीं है, अपनी रचनाओं के शीर्षक भी सटीक रखे हैं दिन–प्रतिदिन बोली जाने वाली सरल तथा सर्वग्राह्य भाषा शैली होने के कारण पाठक पर रचनाओं का अच्छा प्रभाव पड़ता है।

अपने प्रथम लघुकथा संकलन में ही नूतन जी ने इस ओर संकेत कर दिया है कि उनमें प्रतिभा का तनिक भी अभाव नहीं है तथा इसी प्रतिभा और लगन के चलते भविष्य में उनकी कलम से ऐसे अनेक संकलन निकलेंगे।

मैं नूतन जी को उनके इस संकलन के लिए बधाई देता हूँ तथा आगे भी उनके द्वारा ऐसे लेखन की आकांक्षा रखते हुए भविष्य की परियोजनाओं के लिए उन्हें अपनी शुभकामनाएं अर्पित करता हूँ।

सदानंद कवी
39–बी, पॉकेट ए–11
सूर्य अपार्टमेंट्स
कालकाजी एक्सटेंशन
नयी दिल्ली– 110019
संपर्क – 9810420825

शुभकामनाएं

नेहा शर्मा दुबई से साहित्य अर्पण मंच के लिए कार्यरत हूँ। ग्राफिक डिजाइन का कार्य व साहित्य अर्पण पत्रिका की सम्पादिका भी हूँ। साथ ही हास्य व्यंग्य व कविता लेखन में मेरी खास रुचि है। यह मेरा सौभाग्य है कि मुझे आदरणीया नूतन गर्ग जी की पुस्तक के लिए समीक्षा लिखने का मौका मिल रहा है। नूतन गर्ग जी के लेखन के विषय में जितनी बात की जाए वह कम ही है।

पुस्तक की यदि बात करें तो पुस्तक का टाइटल ही मन में हर्ष उत्तपन्न कर देता है। नूतन गर्ग जी की पुस्तक का विषय भी बस ऐसा ही है। जैसे ही पुस्तक पढ़ने बैठी मन की सभी गांठे सुलझती चली गई ऐसा लगा कि कुछ घटनाएं जैसे आज के ही जीवन पर सटीक बैठती हैं। कुछ रचनाएँ समाज को आईना दिखाती हैं तो कुछ आपके जीवन में उतर जाती हैं। पुस्तक में कुछ रचनाएँ तो ऐसी हैं कि उनका शीर्षक पढ़कर ही रचना पढ़ने का मन हो जाता है। जैसे 'डिब्बे में बन्द समाज' मैं यहां रचना में क्या है यह बिल्कुल भी नहीं बताऊंगी क्योंकि मैं दिल से चाहती हूं कि आप सभी यह पुस्तक पढ़ें क्योंकि मुझे पक्का विश्वास है जैसे ही आप पहली रचना पढ़ेंगे पुस्तक पूरी होने तक उसे छोड़ना बिल्कुल भी पसन्द नहीं करेंगे। क्योंकि प्रत्येक कहानी बड़ी ही सोच समझ से गढ़ी गयी है। यहां तक कि प्रत्येक कहानी में किस्से आपके ही जीवन से सम्बंधित छुपे हो सकते हैं। मैं इस अनोखे और बेहतरीन संकलन के लिए लेखिका को हृदय तल से हार्दिक धन्यवाद ज्ञापित करती हूं। यह पुस्तक अवश्य ही समाज में नए आयाम गढ़ेगी। इसी के साथ मैं नूतन गर्ग को ढेर सारे स्नेह के साथ उनकी पुस्तक के लिए खूब सारी सफलता की कामना करती हूं।

नेहा राहुल शर्मा
साहित्य अर्पण व्यवस्थापिका
ग्रीन्स, नीयर टी कॉम
318, अल थयाल, दुबई, यू.ए.ईफोन
नम्बर 526743984

अनुक्रमणिका

एक नया अध्याय

नुपुर ने गार्ड से कहा कि एक बाई को भेजना, मुझे पूरे दिन के लिये चाहिए। बिना आज्ञा के कोई भी सोसाइटी में नहीं आ सकता था। थोड़ी देर बाद घंटी बजी, वह जाकर देखती है कि एक अधेड़ उम्र की महिला दरवाजे पर खड़ी है।

"क्या चाहिए माँजी?" नुपुर ने सहज भाव से पूछा।

"आपने काम के लिये बुलाया था?" बूढ़ी औरत ने कहा।

"हाँ जी! पर.. आप कैसे?" बड़े आश्चर्य से नुपुर पूछती है।

नुपुर ने उसे अंदर बुलाया पानी पिलाया फिर बैठने का इशारा किया तो उन्होंने आशीर्वाद देने की झड़ी ही लगा दी "जुग–जुग जियो बेटा, तुम्हारा घर फले–फूले, तुम खूब तरक्क़ी करो।" उनकी ऐसी दशा देख नुपुर की आँखों में आँसू आ जाते हैं।

"माँजी आप! इस उम्र में काम?" उससे रहा नहीं गया उसने पूछ ही लिया।

"क्यों नहीं? मैं मरते दम तक किसी पर बोझ बनना नहीं चाहती। अपने पैरों पर खड़े रहकर जो जीने का मज़ा है वह दूसरों के ऊपर निर्भर रहकर कहाँ? जीवन संघर्षों से भरा ना हो तो जीने का मज़ा नहीं आता।" बड़ी खुद्दारी से उसने जवाब दिया।

नुपुर का मुँह खुला का खुला ही रह गया। वह उनकी खुद्दारी को सलाम करने लगी। आज इस उम्र में भी इतना कान्फीडैंस। हम इस छोटी सी उम्र में अपने को दूसरों पर निर्भर कर लेते हैं और एक यह हैं जो अब भी!!

मन ही मन उसने सोचा कि इनको रखकर मैं भी जीवन की एक नई किताब पढ़ लूँगी। काम का क्या है? हो जायेगा। कुछ मैं करूँगी, कुछ इनसे करा लूँगी। एक ठंडी साँस भरती हुई... माँजी आप कल से आ जाइयेगा। बूढ़ी औरत कहती है कि बेटे पैसे कितने? बीच में बात काटते हुए नुपुर बोली– "बस यह समझो कि आपको कुछ कमी नहीं होने दूँगी। आज मैंने जीवन का एक नया अध्याय आपके माध्यम से पढ़ा है। "

बूढ़ी औरत खुशी–खुशी वहां से चली जाती है...

सपने

आत्मविश्वास से हमेशा लबालब रहने वाली कनिका सरकारी विद्यालय में अध्यापिका के पद पर आसीन थी। बच्चे उसका हमेशा सम्मान करते थे क्योंकि वह किसी भी समस्या का निराकरण आसानी से कर देती थी। प्रधानाचार्य जी भी उसकी आदतों से वाक़िफ़ थे और हमेशा महत्वपूर्ण कार्य उसी को देते थे। इसी कारण सारे अध्यापक हमेशा उससे ईर्ष्या करते आये थे। परंतु वह किसी की परवाह किये बिना ही अपने कार्य को अंजाम तक पहुँचा देती थी।

एक बार विद्यालय का निरीक्षण करने जिले से बड़े अधिकारी आये। उन्होंने विद्यालय का निरीक्षण कार्य शुरू किया। अचानक ही उनके क़दम एक कक्षा के बाहर ठिठक गये.. उनको अपने कानों पर यक़ीन नहीं हो पा रहा था, क्या ये शब्द एक अध्यापिका के हो सकते हैं? क्योंकि आज के बदलते परिवेश में नामुमकिन को मुमकिन करने का काम कुछ विरले ही कर पाते हैं।

जरा आप भी वह शब्द सुनिए जो वह बच्चों को समझा रही थी...

"मैं आज कुछ भी हो सकती हूँ लेकिन फिर भी मैं कल बहुत कुछ होने के सपने ज़रूर देखूँ। उन सपनों पर थोड़ा सा काम करूँ और यह यक़ीन करूँ कि मैं परसों बहुत कुछ कर सकती हूँ। इसलिए निरंतर आगे बढ़ने के सपने ज़रूर देखो।"

निरीक्षण अधिकारी जी उसकी बातों से इतने प्रभावित हुए कि उन्होंने उसका नाम शिक्षक दिवस पर राष्ट्रपति पुरस्कार के लिए भेज दिया और साथ में प्रधानाचार्य जी को भी बधाई दी। साथ में कहने लगे कि जिस विद्यालय में ऐसे उत्साहवर्धक शिक्षक होंगे उसका भविष्य निश्चित ही अपने सपनों से कहीं आगे बढ़कर होगा।

निरीक्षण अधिकारी जी मुस्कुराते हुए वहाँ से निकल जाते हैं और अपने आगे आने वाले दिनों के लिए सपने संजोने लगते हैं।

दबंग

सीमा मेम का लगातार एक विषय पर बोलते जाना और ब्लैकबोर्ड पर भी लिखते जाना बस यही क्रम रोज रहता था, बाक़ी सब तो चुपचाप उनकी बात सुनती जातीं और जो वो लिखतीं वह नोट भी करती जातीं। परंतु सुनैना जो हमेशा जिला टॉप करती थी। भला वह कैसे चुप रह सकती थी और वो भी कोई ग़ल्ती देखकर? वह तपाक से मेम को बोल देती कि यह ऐसे नहीं ऐसे होगा।

"सुनैना तुम अध्यापिका हो या मैं?" सीमा मेम तेज स्वर में बोलते हुए

थोड़ी देर के लिए सारी कक्षा में सन्नाटा पसर जाता है। सीमा मेम फिर से पढ़ाना शुरू कर देती परंतु सुनैना से यह सब देखा नहीं जाता। वह फिर बीच में टोक देती और प्रश्न भी पूछ लेती बीच-बीच में। प्रश्नों के उत्तर को वह कह देती कि कल बताऊँगी और अपने पढ़ाने के क्रम को जारी रखती। जब टॉपिक पूरा हो जाता तो कक्षा से बाहर चली जाती।

सारी छात्राएँ जैसा वह पढ़ातीं वैसा ही याद भी कर लेती थीं क्योंकि उन्होंने यही कह रक्खा था कि जैसा मैं लिखवाती हूँ वैसा ही उत्तर पुस्तिका में लिखना। अगर जरा सा भी इधर-उधर पाया गया तो नम्बर काट लूँगी। अब परीक्षा भी हो गई और परिणाम आये। तब सभी की आँखें फटी की फटी रह गईं!

अरे! यह क्या? सुनैना सीमा मेम के सब्जेक्ट में फेल।

सब यही कहते नजर आ रहे थे ऐसा मेम ने जानबूझकर किया है।

सुनैना चुप रहने वाली छात्रा नहीं थी। वह सीधे प्रधानाचार्य जी के कमरे में गई और उनको अपनी उत्तरपुस्तिका दिखाते हुए कहा कि सर बताइये क्या मैंने गलत जवाब दिया है? प्रश्नपत्र भी साथ लेकर गई थी।

"नहीं तुम्हारे जवाब बिल्कुल सही हैं।" प्रधानाचार्य जी ने कहा

"सर फिर मुझे फेल क्यों किया गया?" सुनैना ने प्रश्न पूछा?

सीमा मेम को बुलाया जाता है और प्रश्न का जवाब पूछते हैं तो वह वो ही रटा-रटाया उत्तर देतीं हैं।

"आप यहाँ किसी की सिफारिश से आई थीं ना। आपकी मार्कशीट तो एक नामी विद्यालय से है, फिर यह कैसे कि आप बच्चों के प्रश्नों के उत्तर नहीं दे पा रहीं?" ज़रूर दाल में कुछ काला है प्रधानाचार्य जी सोच में डूब गये!

जाँच पड़ताल के बाद पता चला कि सीमा मेम को तो नक़ल करने की वजह से कॉलेज से निकाला गया था और यह सब डिग्रियाँ भी नक़ली हैं।

अगले दिन यह बात हवा की तरह कॉलेज में फैल गई। तब हर छात्रा यही कहती हुई दिख रही थी कि ओह! यहाँ तो एक ही लोकोक्ति फिट बैठती है "अधजल गगरी छलकत जाय" और कॉलेज में आज रोज से ज्यादा हलचल बढ़ गई थी। सब सुनैना के दबंग होने पर उसे शाबाशी दे रहे थे।

21

विश्वास

पति पत्नी का रिश्ता एक अदृश्य डोर से बँधा है, जिसे विश्वास कहते हैं।

अर्थात विश्वास ही वह सूत्र है जो अलग–अलग घरों से आये हुए दो लोगों को बाँधता है।

चीना और मृदुल के बीच आपस में बहुत विश्वास था। दोनों ने कभी भी एक दूसरे पर शक नहीं किया। जीवन की गाड़ी पटरी पर बहुत तेजी से दौड़ रही थी।

आज करवाचौथ पर चीना ने व्रत रखा हुआ था। दोपहर दो बजे फोन की घंटी बजती है "टिरिंग–टिरिंग"

चीना फोन उठाती है फोन से आवाज आती है "आपके पति आज हमारे पास हैं अगर विश्वास ना हो तो आकर देख लो!" वह फोन न० और पता भी देता है।

एक पल के लिये चीना स्तब्ध सी खड़ी रह जाती है, फिर सँभलती है और सोचती है कि मृदुल जैसा व्यक्ति भी? पर उसका हृदय यह मानने को राजी नहीं था।

मृदुल शाम को घर आते हैं और देखते हैं कि वह तो पहले जैसी ही है। बिल्कुल भी विचलित नहीं है। वो पूछ ही लेते हैं "तुम ठीक हो ना?"

"हाँ मुझे क्या होगा?" चीना ने कहा।

"फोन की बात कर रहे हो, मुझे पता था कि यह शरारत आपकी ही हो सकती है किसी और की नहीं। आखिर पच्चीस साल से जो साथ हूँ तुम्हारे! कहकर मृदुल का हाथ अपने हाथ में लेती है।"

मृदुल की आँखों में खुशी के आँसूं आ जाते हैं और वह भी उसका हाथ अपने हाथ में लेता हुआ बोलता है।

"आज हम विश्वास की डोर पर चलकर फिर से एक हो गए हैं।"

किस्सा कुर्सी का

मोहित अपने परिवार के साथ रेल से शिरडी दर्शन करने जा रहे थे। बेटे ने बारहवीं की परीक्षा दी थी। यात्रा करते समय उनके कान कुछ सुनने के लिए मचल गये, आँखें नम हो गईं, हृदय पटल पर चोट के थपेड़े पड़ रहे थे, परन्तु! उनके पास क्या? किसी के पास भी इसका कोई हल नहीं था।

शब्द ध्यान से सुनिये–

संजय और मोहन बात कर रहे थे ”यार इतनी पढ़ाई करी, इतने क़लम बदले पर, सरकारी सीट ना प्राप्त कर पाये। कितने पद रिक्त पड़े हैं। अगर सरकार चाहे तो वह आरक्षण के खाली पदों को जनरल से भर सकती है। पर! कुर्सी का यही तो खेल है भाई!” कहते हुए दोनों धीर–गंभीर हो जाते हैं!

यह सब सुनकर मोहित अपने बेटे की तरफ मुरझाकर देखता है! उसको समझाते हुए कहता है ”कोई बात नहीं कोशिश करने में हर्ज ही क्या है? बाकि हमारा भाग्य!” कहकर बेटे को सांत्वना देता है।

पूरी बोगी में सन्नाटा पसर गया... आज जनरल कोटे का सरकारी नौकरी में यही हाल है। काश! कुर्सी पर बैठने वाले अपनी स्याही का रंग थोड़ा सा बदल दें तो शायद क़लम भी अपना आकार बढ़ा दे।

दूर एक नाव

नीरू जिस घर में किराये पर रहती थी वहाँ सिर्फ एक बुजुर्ग महिला थीं। कभी–कभी कोई दूर का रिश्तेदार भूला–भटका आ जाया करता था। बच्चे विदेश में जाकर बस गये थे। पति का भी देहांत हो चुका था। घर और बाहर की सारी जिम्मेदारी सभी कुछ उन्हीं के काँधों पर थी। जब उन्हें बाहर का काम होता तो वे अक्सर नीरू को बुला लिया करतीं थीं क्योंकि उसे गाड़ी चलानी आती थी।

वह भी खुशी–खुशी उनके साथ चल पड़ती क्योंकि वह उनकी किसी न किसी रूप में सहायता करना चाहती थी।

इसी प्रकार एक साल बीत गया। एक दिन नीरू ने हिम्मत करके पूछ ही लिया? "आंटी जी बच्चे बिल्कुल नहीं आते क्या?"

"नहीं बेटा वे बहुत दूर हैं। पैसे भी काफी लगते हैं आने में और वे अपने काम में व्यस्त भी तो बहुत रहते हैं। पोता–पोती तो काफी बड़े हो गए होंगे, मिलने का मन करता है पर!" कुछ और कहते–कहते रुक जातीं हैं।

"फिर आप ही चली जाइए वहाँ पर, यूँ इस तरह यहाँ अकेले... कुछ समझ नहीं आया आंटी जी।" नीरू सकुचाते हुए पूछती है?

उनके चेहरे पर उदासीनता की लकीरें साफ देखी जा सकती थीं। थोड़ा ठहरकर वे कहती हैं "बेटा क्या करूँ? मुझे दूर एक नाव तो दिखाई दे रही है पर कोई केवट दिखाई नहीं दे रहा, जिसके साथ वहाँ तक..." कहते–कहते कंठ सूख जाता है।

इसके बाद नीरू के मुख से एक शब्द भी नहीं निकलता। दोनों की आँखें नम हो जाती हैं। कुछ देर बाद खुद संभलकर वह उनसे कहती है "आँटी जी! आपकी नाव भी यहीं है और किनारा भी। मुझे आप सदा के लिए अपना केवट बनाए रखिए।

बरसों बाद अपनेपन की आहट सुनकर आंटी उसे अपने गले से लगा लेतीं हैं।

बोझ बना सहारा

मजदूरी करके पेट भरने वाले रामू के यहाँ एक बच्चे का जन्म होता है और वह भी लड़का। पर.. यह क्या? खुश होने की बजाय सब ख़ामोश हो जाते हैं। जब डा० साहिबा बताती हैं कि लड़का तो है पर उसकी दोनों भुजाएँ नहीं हैं। चारों ओर सन्नाटा पसर जाता है...।

ख़ामोशी को चीरती हुई बस एक ही आवाज आ रही थी "डा० साहिबा इसको मार डालो नहीं तो पूरी ज़िंदगी का बोझ बन जायेगा।" फिर सहसा! विलाप करने की आवाज से सारा वातावरण गूँज जाता है। हर किसी की आँखों में आँसू झलक पड़ते हैं।

रीमा के कानों तक भी यह आवाज पहुँच जाती है जिसने बच्चे को लेकर बहुत से सपने संजोये थे! एक पल में सब सपने चकनाचूर हो जाते हैं। थोड़ी सी हिम्मत जुटाकर अपने दुलारे को आँचल में छिपा लेती है, जिससे किसी की बुरी नजर उस पर ना पड़े और उसे लेकर वहाँ से भाग खड़ी होती है।

बर्तन माँजकर, झाड़ू–पोंछा लगाकर बड़ी मेहनत करके अपने बच्चे को बड़ा करती है। एक दिन वह देखती है कि बेटा सारा काम अपने पैरों से कर रहा है। वह प्यार से उसको अपने गले लगाती है और यह निर्णय करती है कि इसको अपने पैरों पर खड़ा कर देती हूँ ताकि किसी के आगे कभी बेचारा ना बने।

उसका सोचना सही रहा और मेहनत रंग लाई। अब वह बूढ़ी हो चली थी। आज वह बच्चा इतना क़ाबिल बन गया कि पैरों से ही सिलाई मशीन चलाकर अपनी माँ और अपना पेट भरता है। आज उसने साबित कर दिया है कि अंग न होना कोई अपराध नहीं है और न ही किसी पर बोझ।

स्नेह बना अभिशाप

अलका अपने बच्चों से बहुत स्नेह करती थी ख़ासतौर से लड़कों से। बच्चे जरा सी मीठी बात करते और उससे जो चाहे वो मनवा लेते थे। पति रमन हमेशा समझाते कि इतना भावुक होना ठीक नहीं! कभी भी कोई भी तुमको मूर्ख बना सकता है। परन्तु वह हमेशा हँसकर टाल देती थी कि नहीं ऐसा कुछ नहीं है।

आज दीवाली पर पति की मृत्यु को कई साल हो गए थे। अपने शरीर से लाचार... चारपाई पर अकेली बैठी.... आँखों में आँसू लबालब भरे हुए, सोच में डूब जाती है.... कितने अच्छे दिन थे उनके सामने! फिर अचानक... फफक–फफक कर रोने लगती है...।

दूसरी महिला जो पास बैठी थी उसको सांत्वना देती हुई समझाने लगती है, बीता समय कभी लौटकर नहीं आता। हमारे भाग्य में यही लिखा था इसीलिए तो आज हम त्योहार पर अकेले बैठे हैं इस व्रद्धाश्रम में.. दो–दो बच्चों के होते हुए भी कहते–कहते रुक जाती है! यह क्या? अलका की तरफ मुड़कर देखती है!

वह उसको हिलाती है पर! कोई जवाब नहीं आता। पता नहीं किस क्षण बैठी हुई अलका मौन हो गई थी।

वह महिला उसको पकड़कर जोर से झकझोर कर चिल्लाती है कि हे भगवान! कब तक? आख़िर कब तक? यह सिलसिला चलता रहेगा? हमने माँ–बाप बनकर क्या कोई गुनाह किया है? सारा वातावरण शोकमग्न हो जाता है।

जिद्दी परिंदा

"उम्मीदों से बँधा एक जिद्दी परिंदा है इंसान, जो घायल भी उम्मीदों से है और जिंदा भी उम्मीदों पर है।"

कैंसर अपने आख़िरी पड़ाव पर पहुँच गया था। परंतु गुप्ता जी अभी भी इसी उम्मीद में थे कि बेटी या बेटा कोई तो आयेगा और मुझे डा० के पास ले जाकर इस मुसीबत से छुटकारा दिलायेगा। मिसेज गुप्ता यह सब देखकर बहुत परेशान होतीं, उनकी कुछ समझ में नहीं आ रहा था क्या करें?

इस समय गुप्ता जी असहनीय तकलीफ से गुजर रहे थे। बस उन्होंने एक ही रट लगा रखी थी कि "बेटी या बेटे को बुलाओ वे ही मुझे इससे छुटकारा दिला सकते हैं।"

"किस मुँह से बुलाऊँ उनको, उन्होंने तो बिल्कुल ठीक इलाज कराया था परंतु आपने ही पैसों के कारण दवाई लेनी बंद कर दी थी। न जाने दामाद जी और बहु रानी क्या सोचेंगें?" बड़बड़ाती हुई कमरे से बाहर जाती है।

अगले दिन बेटी और दामाद को देखकर उन्होंने ठंडी साँस ली और पूछा "भाई कब तक आयेगा?"

"बस शाम तक भइया भी आ जायेंगें आप चिंता मत करो सब ठीक हो जायेगा।" कहकर आँखों में आँसू लिये हुए बेटी नैना पापा के पास बैठ जाती है।

रामशरण जी ने बेटी का हाथ अपने हाथ में थामा और..."अरे यह क्या? पापा" कहकर जोर से चिल्लाती है। माँ भागकर आती हैं पर! बहुत देर हो चुकी थी। उम्मीदों से बँधा जिद्दी परिंदा रूपी इंसान आकाश की ओर उड़ चला था और पीछे छोड़ चला उम्मीदों का पिटारा।

अंतरात्मा की आवाज

जीवन निरंतर घटता जा रहा था फिर भी घर की जिम्मेदारियों से मुँह मोड़ पाना रामलाल जी के लिये आसान नहीं था। वे एक दिन घर में लेटे–लेटे सोचने लगे, 'क्या यही जीवन है?'

तभी अंतरात्मा से आवाज आती है "उठ! कुछ तो अलग कर, जिससे मरने के बाद भी तुम्हें सब याद करें।"

वे तुरंत बिस्तर छोड़ खड़ा हो जाता है और ठंडी साँसें लेते हैं। फिर एकाएक उनके कदम वृद्धाश्रम की ओर बढ़ जाते हैं।

पूरे दिन उनके बीच में रहकर उनके दुख–दर्द बाँटते हैं, जो उनके बच्चे नहीं दे पाये थे उनको। अब तो यह सिलसिला चलना शुरू हो गया। उनकी पत्नी नीरा भी अब उनका साथ देने लगी थीं। अगर एक दिन भी वह वहाँ नहीं पहुँचते तो घर में हाल–चाल पूछने वे सब आ जाते थे। बहुत प्यार उन सबों से उन्हें मिलने लगा था।

दीवाली पर सबके लिये कुछ ख़रीदारी करने वे दोनों बाजार गये हुए थे, ताकि धूमधाम से दीवाली मनाई जाये। पर... यह क्या? तभी वहाँ जोर की आवाज आती है बड़ाम...बड़ाम! किसी आतंकवादी ने वहाँ पर बम रख दिया था। सबकुछ क्षणभर में स्वाहा हो गया। आत्मा परमात्मा में विलीन हो गई।

उनकी मौत की ख़बर आश्रम तक पहुँचती है। चारों ओर मातम छा जाता है। सब यही कहते हुए नजर आते हैं... काश! भगवान हमें उठा लेते। रामलाल जी पर यह क़हर क्यों? हम तो फिर से अनाथ हो गये!'

जितनी लंबी चादर उतने पैर

रामू की कमाई इतनी ही थी कि वह सिर्फ घर का ख़र्चा, ज़रूरतों के अनुसार पूरा कर सके। वह और उसकी पत्नी रमा इस बात को अच्छी तरह से समझते थे। पर बालक सोनू जिसने अभी–अभी बोलना सीखा था, नित नई फरमाइशें पेश करता। कुछ तो पूरी कर दी जाती, पर कुछ पर ब्रेक लगा दिया जाता यह कहकर कि हम नहीं ला सकते।

एक दिन सोनू को मंहगे खिलौने से खेलते देखा तो रामू ने पूछा "यह कहाँ से आया?"

रमा "वो मेरे साथ सामान लेने गया था वहाँ जिद करने लगा। वहाँ पर एक महिला आईं, उनसे इसका रोना देखा नहीं गया तो उन्होंने दिलवा दिया। मैंने बहुत रोका पर वे नहीं मानीं और..." जवाब पत्नी ने दिया।

"और क्या? तुमने यह गलत किया रमा! मुझे तुमसे ऐसी उम्मीद नहीं थी। हमें हमेशा अपनी हैसियत के अनुसार ही पैर फैलाने चाहिये।" कहकर वहाँ से चला गया।

अब रमा सोचने लगी– 'वह कैसे बेटे को सस्ते और मंहगे खिलौने के बारे में फर्क़ बताए और जितना अपने पास हो उसी में संतुष्ट रहना सिखलाये!'

आस्तीन का साँप

चीना और मनोज को कई सालों तक संतान नहीं हुई। दोनों बहुत परेशान रहने लगे। अब तो डाक्टरों ने जवाब भी दे दिया था– 'कुछ नहीं हो सकता।' दोनों ने तय किया कि अनाथालय से बच्चा गोद ले लेते हैं। इस संबंध में उन्होंने अपने घर में बातें भी की।

उनके पास पैसे की कोई कमी नहीं थी। यह बात घर में सभी को पता थी। छोटे भाई की पत्नी रीमा ने एक राय दी "अगर घर के किसी सदस्य से बच्चा गोद ले लिया जाय तो ज्यादा बेहतर होगा।"

बात सबकी समझ में आ गई, पर अपना बच्चा दे कौन?

कुछ दिनों के बाद रीमा ने अपनी भाभी की गोद में अपना छोटा बेटा लिटा दिया।

चीना और मनोज बच्चे को पाकर रीमा को भगवान ही समझने लगे।

उनकी ज़िंदगी में बच्चे की दखल दिनों दिन चरमसीमा पार करने लग गई। ज़िंदगी की उदासीनता खुशनुमा पलों में कब बदल गई पता ही नहीं चला।

बच्चा एमबीए करके मनोज के साथ उसके कारख़ाने में बैठने लगा। धीरे–धीरे सारा कारख़ाना उसने सँभाल लिया और अच्छे से सब काम करने लगा। चीना और मनोज ने सोचा कि अब हमें वह मन्नत पूरी कर लेनी चाहिए, जो हमने बच्चे के लिए माँगी थी।

वे दोनों रीमा को घर और कारखाने की जिम्मेदारी सौंपकर मन्नत पूरी करने माँ वैष्णव देवी के दर्शन करने चल पड़े।

एक हफ्ते बाद जब वे घर आए तो नजारा ही बदला हुआ था। जो बेटा पहले उन्हें मम्मी–पापा कहता था वह आज उन्हें पहचान भी नहीं रहा था।

दोनों को जोर का झटका लगता है, वे दोनों उससे पूछते हैं? पर बात सिर से बहुत ऊपर चली गई थी। दोनों को समझते जरा भी देर नहीं लगी कि अब तक हम जिसको अपना समझ रहे थे वह तो आस्तीन का साँप निकला।

दोनों अपना सर पकड़ बैठ जाते हैं और आपस में बात करते हैं कि अच्छा हुआ कि कारखाने का आधा पार्टनर ही बनाया था पूरा नहीं। भगवान की तरफ देखकर शुक्रिया अदा करते हैं कि सही समय पर हमारी आँखें खोल दीं, वर्ना पता नहीं आगे क्या होता?

दोनों अपने बुढ़ापे के सहारे को बस दूर से ही देख पा रहे थे। इसके सिवा उनके हाथ में अब कुछ बचा ही नहीं था।

गुम हुआ बचपन

मनोज २२ साल का युवा! कंधे पर जिम्मेदारी इतनी अधिक कि वह समझ नहीं पा रहा था कि उसके भी कुछ ख़्वाब हैं।

जिम्मेदारी निभाते–निभाते पता ही नहीं चला कब बड़ा हो गया। बचपन से लेकर आज तक माँ का स्नेह ज्यादा प्राप्त हुआ था। पिता का स्नेह तो नाम मात्र का ही रहा था। इसीलिये वह काफी गंभीर प्रकृति का दिखने लगा था।

पिताजी बहुत गुस्से वाले थे जिस कारण से कभी नौकरी और बिजनेस में कहीं भी टिक नहीं पाये। माँ ने ट्यूशन पढ़ाकर बच्चों को क़ाबिल बनाया।

नौकरी लगते ही सबसे पहले उसने माँ को आराम करने के लिये बोला। परंतु समय बहुत बलवान होता है! कौन जानता है कि अगले पल क्या होगा?

आज तो हद ही हो गई, उसका बचाखुचा बचपन भी समाप्त हो गया, जब माँ का फोन आया "बेटा जल्दी आ। पापा को अटैक आ गया है।" कहते–कहते रोने लगी थी। उसके सामने एक पल के लिये अंधेरा छा जाता है और लगता है कि प्रत्यंचा जो उसने चढ़ानी शुरू करी थी वह टूट कर बिखर गई है, क्योंकि अपने बड़ों का साथ ही काफी हौंसला देता है।

अपने को दो क़दम पीछे लौटता हुआ महसूस करता है। उसकी माँ हमेशा यही सिखाती थी– 'समय के आगे कभी हार नहीं मानना, वर्ना पीछे रह जाओगे।' माँ के शब्द याद आते ही वह फिर से ज़िंदगी में नई प्रत्यंचा चढ़ा देता है और माँ–बहन को साथ लेकर नई दुनिया में मजबूती से क़दम बढ़ाता है। उसने समझ लिया था– 'बचपन का वो बालपन सबकी क़िस्मत में नहीं होता है।'

नई उछाल

घर की रसोई से भीनी–भीनी खुशबू आ रही थी। उस समय राहुल का मन पढ़ाई में नहीं लग रहा था। उससे रहा नहीं गया, थोड़ी देर बाद रसोई में प्रवेश करता है और माँ से पूछता है "आज कोई त्योहार है क्या?"

"नहीं तो"– माँ ने खीर बनाते हुए कहा।

"फिर कोई घर पर आने वाला होगा?" राहुल ने जिज्ञासावश पूछा।

"कोई नहीं। पंडित जी को बुलाया है। वो आने ही वाले होंगे।" माँ फिर से काम में लग जाती हैं।

"पंडित जी क्यों माँ?" राहुल के माथे पर लकीरें खिंच गईं।

"बहुत सवाल पूछता है, अरे! आज तेरे बाबा जी का श्राद्ध है न!" कह माँ काम में लग जाती है।

"माँ! क्या यह खुशी की बात है? हमारे बाबा जी अब हमारे बीच नहीं रहे।" राहुल के माथे की लकीरें और गहरी होती चली गईं।

"कैसी बहकी–बहकी बातें कर रहा है? भला! किसी के दुनिया से जाने पर खुशी होती है कभी।"

"जब माँ खुशी नहीं होती, तो इतने पकवान क्यों? यह सब तो खुशी में मनाए जाते हैं, गम में थोड़े ही न।"

"मैं तो वही कर रही हूँ जो तेरी दादी ने मुझे बताया था।" कहकर माँ काम में लग जाती हैं।

राहुल का मन नई उछाल ले रहा था। गंभीर मुद्रा में वहाँ से चला जाता है। अब न उसे कोई खुशबू आ रही थी और न मुँह में पानी!

बाबा जी के साथ बिताए लम्हें याद करते हुए उसकी आंखें नम होती जा रही थीं।

नया जमाना

"आज खाना बनाने वाली नहीं आयेगी?" सासू माँ बहू विभा से पूछती हुई रसोई से बाहर आती हैं।

"नहीं, आज रविवार की छुट्टी जो है माँजी।" बहू ने सहजता से जवाब दिया।

"इस दिन छुट्टी ना दिया करो, सब घर में होते हैं। एक ही दिन तो मिलता है सबको आराम करने का। इस दिन भी छुट्टी करके बैठ जाती है जैसे कहीं की महारानी हो।" सासू माँ बड़बड़ाते हुए पोते–बहू के कमरे में प्रवेश करती हैं।"

"अरे यह क्या! तुम अभी तक सोई हो, उठो फटाफट! क्या जमाना आ गया है? बहुओं को तो सर पर बैठा रखा है और लड़कों से सारा काम करवाते रहते हैं। घोर कलयुग आ गया है। अब तो राम ही बचाये इस संसार को!" सासू माँ राम–राम का शब्द कहते हुए बाहर आती हैं।

"माँ! देखो ना, दादी माँ क्या बोले जा रही हैं? पिछले रविवार को तो कुछ नहीं बोली थीं जब मैं रसोई में काम कर रही थी और आज जब..." कहते–कहते सासू माँ के पल्लू में छिप जाती है और रोने लगती है।

"तुमने ही इसे सर पर चढ़ा रखा है बहू। यह बात हमारे गले से नीचे ना उतरेगी। अब तो मुझे ही कुछ करना पड़ेगा"। सासू माँ गर्दन हिला–हिलाकर बहू पर गुस्सा करते हुए बोलती हैं।

अब तक की सारी रामकहानी सासू मां का बेटा समीर कमरे में से सुन रहा था। बाहर आता है और माँ को हौले से कौली भरकर बैठाता है और समझाते हुए कहता है– "माँ! जमाना बदल गया है। बहू भी तो किसी के घर की बेटी है, उसने भी तो दिन–रात मेहनत करके अपना कैरियर बनाया है और हमारे बेटे जितनी पगार भी तो लाती है। फिर यह क्यों रसोई में जाये सिर्फ, बेटा क्यों नहीं? और माँ, जिसमें सबको खुशी मिले वही अच्छा लगता है ना।

आपने भी तो मुझे यही सिखाया है। अब आपको भी जमाने के साथ बदल जाना चाहिये और हमेशा खुश रहना चाहिये मेरी प्यारी–प्यारी माँ!"

'बात तो यह पते की कह रहा है। जब दोनों बराबर कमाते हैं तो घर भी दोनों देखेंगे और बाहर भी।' सोचती है...

शाबाश!

मैं आज धन्य हो गई हूँ। "मेरे बच्चे सही निर्णय लेने लगे हैं। अब चैन से इस दुनिया से विदा ले पाऊँगी।" कहते हुए बेटे को गले से लगा लेती हैं।

'खुशियाँ हर मोड़ पर हमें मिलती हैं, पर कभी हम उन्हें पहचान पाते हैं और कभी नहीं। अब हमें ही निर्णय करना है कि हमारे जीवन में खुशियों के पक्के रंग हो या अपने पुरातन विचारों के फीके रंग!'

दृढ़संकल्प

नीलिमा अपने घर की बालकनी में बैठी गहरी सोच में डूबी है जैसे सारा किस्सा अभी हाल में ही हुआ हो...

घर में काम करने वाली शांता बाई ने एक दिन अपनी बेटी ममता को काम करने के लिये भेजा था। उसके बात करने का तरीक़ा इतना बेहतरीन था कि कोई नहीं कह सकता था कि वह पढ़ी–लिखी नहीं है। मेरा मन उससे बात करने का ज्यादा कर रहा था और काम कराने का बिल्कुल नहीं। मैंने उसे अपने पास बैठने का इशारा किया। वो हिचकिचाते हुए जमीन पर बैठने लगी। मैंने कहा– "यहाँ मेरे पास वाली सीट पर बैठो।"

''नहीं मेमसाहब.. मैं यहीं पर ठीक हूं।''

"मैं यह सब नहीं मानती। तुम मेरे पास बैठो!" मैंने कहा।

वह बड़े अदब से सीट पर बैठी जैसे कोई बहुत पढ़ा–लिखा सभ्य व्यक्ति बैठता है।

मैंने बड़े प्यार से उसके सिर पर हाथ फेरते हुए उससे पूछा, "बेटी, तुमने शिक्षा कहाँ तक ली है?'

"जी पाँचवी तक।" उसने उत्तर दिया।

यह सुनकर मेरे मन में एकसाथ कई प्रश्न हिचकोले लेने लगे?

"आगे पढ़ाई क्यों नहीं की? इतना शिष्टाचार कहाँ से आया?" मैंने हिम्मत करके उससे पूछ ही लिया।

उसने जो उत्तर दिया वह मेरे मन को अंदर तक झकझोर गया!

"मैम, मुझे यह ओछा काम बिल्कुल नहीं भाता, मुझे पढ़ना बहुत अच्छा लगता है। एक घर में माँ झाड़ू–पोचा लगाती हैं। मालकिन ट्यूशन पढ़ाती हैं। मैं भी माँ के साथ वहाँ बचपन से जाती हूँ और सुन–सुन कर इतना सीख गई हूँ।"

मेरी आँखें उस पर स्थिर हो गई थीं थोड़ी देर के लिए। मैं स्टैच्यू बन गई जैसे। थोड़ी देर बाद सामान्य होने पर मैंने मन–ही–मन निर्णय कर लिया कि अब इस बालिका के उत्थान के लिए कुछ करना चाहिए।

"क्या तुम आकाश में उड़ना चाहती हो?"

"हाँ मैम, मैं कुछ बड़ा करना चाहती हूँ।" खिलखिलाती हुई

क्षण भर ठहरकर फिर बोली–"पर... मेरी माँ!"

"मैं बात कर लूँगी उससे। तुम चिन्ता मत करो।''

अगले दिन से उसको पूरे दिन के लिये मैंने अपने पास बुला लिया और

बहुत सारी किताबें लाकर उसे दीं। प्राइवेट फार्म भर दिया आगे की पढ़ाई के लिए। मुझे पढ़ाने और समाजसेवा का काफी शौक था। वो भी मेहनत से पढ़ाई करती गई और आगे बढ़ती गई।

मुझे उसके घरवालों को समझाने में काफी जद्दोजहद का सामना करना पड़ा था, पर मेरा दृढ़संकल्प आख़िरकार उसके काम आ ही गया।

आज वो एक आई पी एस ऑफिसर है। मुझे अपनी माँ से बढ़कर मानती है..

इतने में फोन बजने लगा और नीलिमा अतीत से बाहर आते हुए सोचती है,

'हमें अपनी सोच हमेशा धरती से ऊपर रखनी चाहिए, तभी सपने पूरे होते हैं।'

भाई-भाई

दोनों सीनियर सिटीजन अनिल और युसुफ पार्क में रोज मिलते थे। घंटों बातें करते रहते फिर अपने–अपने घर चले जाते। रोज यही सिलसिला चलता रहता। आज भी वे दोनों मिले, पर अनिल खुश नहीं थे।

युसुफ ने पूछा– "भाई क्या हुआ? मुँह लटका हुआ है, सब ठीक तो है न?"

"अरे... कोई बात नहीं। बस कल टेलिविजन पर 'हल्ला बोल' एक कार्यक्रम देख रहा था... उसे देखकर मन बहुत परेशान हो गया।"

"ऐसा क्या था उसमें, जिसने हमारे दोस्त की हँसी छीन ली।"

"जो लोग समाज में धर्म के बड़े ठेकेदार बने फिरते हैं, वे सब आपस में एक दूसरे के धर्म को नीचा दिखाने के चक्कर में बहुत तू–तू... मैं–मैं कर रहे थे और एक दूसरे के भगवान को भी नीचा दिखाने में लगे थे। अरे! वे तो एक ही हैं। लोगों ने नाम अलग–अलग रख दिये हैं।"

"तो क्या हुआ? उनको करने दो, लेकिन तुम क्यों परेशान होते हो?"

"ऐसा नहीं है... मुझे भी इसी समाज में रहना है और तुम्हें भी। फिर यह सब क्यों? अच्छा नहीं लगता भाई।"

"सही कहा जनाब! हम सब एक ही थाली के चट्टे–बट्टे हैं, हमने आपस में मिलकर एक धर्मनिरपेक्ष राज्य का निर्माण किया है, तो इसका मान रखना हर नागरिक का कर्तव्य है। हमें मरते दम तक इसे निभाना चाहिये। आख़िर हम सब भाई–भाई जो ठहरे।"

"यही तो... जिसे जिस धर्म में आस्था हो उसे अपनाये, लेकिन यूँ किसी पर कीचड़ ना उछाले!

हम सब एक स्वतंत्र भारत की संतान हैं। हमें देश को आगे बढ़ाना है ना कि पीछे।"

"चलो अब हमारे बीच में तो कोई वैमनस्य नहीं। अब जरा मुस्करा तो दो।'' दोनों भाई एक साथ हंस पड़े।

आ बैल मुझे मार

"इतनी जल्दी आ गई रेनू?" माँ ने बेटी से प्रश्न किया।

"हाँ... बड़ी मुश्किल से वहाँ पर से निकल पाई।" रेनू बोलते हुए माँ से लिपटकर रोने लगती है।

घबराते हुए माँ पूछती है–"ऐसा क्यों बोल रही है तू? मुझे बता! मैं किसी को नहीं छोड़ूंगी, एक–एक को सबक सिखाकर ही दम लूंगी।"

"मैंने कई बार आपसे कहा था कि इन सब चक्करों में नहीं पड़ना चाहिए, परन्तु आप तो अन्धविश्वास के गड्ढे में डूबती ही जा रही थीं। आप जैसे अनगिनत लोग खुद ही मुसीबत को आमंत्रण देते हैं। अगर मैं सतर्क न होती तो आज तुम्हारी लाडो यहाँ तुम्हारे सामने" कहते हुए फिर रोने लगी। माँ उसे अपनी बाँहों में भर कर उसके सर पर प्यार से हाथ फेरती है और पानी पिलाकर धीरे से कहती है– "मेरी बेटी बहुत बहादुर है, किसी को भी सबक सिखा सकती है। ऐसा मेरा विश्वास है। अब आगे से कान पकड़ती हूँ जो मैं दुबारा ऐसी जगह क़दम भी रक्खूँ... चल! मेरे साथ। हम वहाँ पुलिस लेकर चलते हैं और उस करप्ट को जेल भिजवाते हैं। जब वहां चक्की पीसेगा तब जाकर अक्ल ठिकाने आएगी।"

"मैंने तो उसे जेल भी पहुँचा दिया। आप तो मुझे वहीं छोड़कर आ गई थीं। मैंने देखा लड़कियां कुछ अजीब–सा व्यवहार कर रही हैं। मेरे कान खड़े हुए और मन से आवाज आई... ज़रूर दाल में कुछ काला है। वहीं से जाँच–पड़ताल शुरू कर दी। बस फिर क्या था। ... बहुत जद्दो–जहद के बाद पर्दाफाश करने में सफल हुई और उन सबको भी उसकी क़ैद से छुड़ा लिया।"

"ऐसे बाबा! अपने प्रवचनों के माध्यम से आप सबके चारों ओर इस्पाती जाल–सा बुन देते हैं और आप जैसे लोग उस जाल में फँसते चले जाते हैं जिससे बाहर निकलना नामुमकिन ही नहीं असंभव भी होता है। वो इसी बात का फायदा उठाते हुए हम जैसी लड़कियों को अपना शिकार बनाते हैं, सोचते हैं कि "जिसकी लाठी उसकी भैंस, "पर वो यह नहीं जानते कि एक ना एक दिन उनको अपने किये की सजा ज़रूर मिलेगी क्योंकि हर नारी कहीं न कहीं माँ दुर्गा का रूप भी रखती है!"

नमक का मूल्य

टेलीविजन पर ख़बर आती है कि एक ही घर के चार लोगों ने आत्महत्या कर ली! बस फिर क्या था रोजाना यही ख़बर और सब आँख गड़ाये सोचते रहते थे कि आख़िर ऐसा किया क्यों? मीडिया वालों को भी काम मिल गया।

मीडिया वालों की बातें सुनकर लोग यही अनुमान लगा रहे थे कि किसी ने जहर दिया है... नहीं तो ऐसा होना मुश्किल है। भला बिना कोई वजह कैसे चार लोग एक साथ अपने को ख़त्म करेंगे? अब जितने मुँह उतनी बातें! ख़ैर, कुछ दिन चर्चा चलती रहीं... पुलिस भी अनुसंधान में लगी रही।

एक दिन ख़बर आती है कि किसी ने बहला-फुसला कर दौलत के लालच में ऐसा किया है। यह ख़बर हरि के कानों में भी पड़ी जो उस घर में ड्राइवर की नौकरी करता था। अब उससे चुप ना रहा गया क्योंकि वह जानता था कि इस घटना के पीछे किसका हाथ है।

उसने पुलिस को बताया, "यह आत्महत्या नहीं बल्कि हत्या है। एक रची-रचाई साजिश है, जिसे घर के मालिक ने प्रेमजाल में पड़कर रची है।"

"फिर तुम इतने दिन से चुप क्यों थे?" पुलिस का सवाल था।

"क्योंकि मैंने मालिक का भी नमक खाया है और मालकिन का भी। एक का इतने दिन चुप रहकर चुका दिया और दूसरे का अब बताकर।" कहते-कहते गमहीन हो गया वह।

ज़िद

"आज सारी रिपोर्ट आ गई हैं। अब आगे क्या करना है?" पायल से मनोज कहते हुए उसके समीप बैठ जाता है।

"करना क्या है? अनाथालय से बच्चा गोद ले आते हैं हम... बस!"

"मम्मी–पापा नहीं मानेंगे। उन्हें तो अपने ही पोते को खिलाना है।"

"आपके सामने डाक्टर ने साफ शब्दों में कहा है कि कुछ नहीं हो सकता ऐसे केस में।" पायल ने झुँझलाते हुए कहा।

"मैं क्या करूँ? कमी तुम्हारे अंदर है। माँ–बाप को छोड़ नहीं सकता। वे तो बस एक ही रट लगाए बैठे हैं कि तुम्हारा बच्चा ही खिलाना है।" मनोज चिल्ला उठा।

"तो फिर क्या चाहते हो? मुझे भी तो पता लगे।" पायल की आवाज भी तेज होती चली गई थी।

बहस का सिलसिला जारी था।

कभी प्यार की क़समें खाने वाले आज एक–दूजे का मुँह भी देखना नहीं चाह रहे थे। दोनों एक ही छत के नीचे अजनबियों की तरह रहने लग जाते हैं।

पायल बैंक में मैनेजर थी और मनोज उसी में कैशियर था। मकान भी पायल ने ही ख़रीदा था।

आख़िरिकार वो मनहूस घड़ी आ ही गई जब दोनों के जीवन में तलाक़ रूपी काले बादल छा गए। दो मुस्कुराते हुए चेहरे मुरझा गए। सिर्फ एक छोटी सी जिद की वजह से।

काँटा

रीमा बहुत पूजा–पाठ करने वाली लड़की! उसकी शादी एक ऐसे परिवार में हो गई जो कट्टर आर्य–समाजी थे। उसके ससुराल में सभी बहुत अच्छे थे और उसे प्यार भी बहुत करते थे। वह भी सबका सम्मान और आदर करती थी।

उसके पति सौरभ का तबादला जयपुर हो गया। वे दोनों वहां चले गये और हँसी–खुशी जीवनयापन करने लगे... काम के सिलसिले में पति अक्सर बाहर जाया करते थे। वो घर में अकेली रहती थी। डरपोक बहुत थी। रातभर जागती सुबह सोती थी। वह भी सर्विस करना चाहती थी, लेकिन उसे नौकरी करने की सख़्त मनाई थी।

अब वो क्या करती? उसका पूजा–पाठ में मन लगता था। अपने ख़ालीपन को भरने के लिये उसने सौरभ से कहकर पूजा करनी शुरू कर दी। तब बड़े अच्छे से उनके जीवन की गाड़ी पटरी पर दौड़ने लगी.....

तभी रीमा के सास–ससुर का आगमन हुआ। वह बहुत खुश हुई। उन लोगों का खूब आदर–सत्कार किया और सारा घर दिखाने लगी। मंदिर देख कर सास ससुर भड़क गये। सौरभ भी अपने मां बाप के साथ खड़ा हो गया। उनके शब्द उस समय कांटों की तरह हृदय में चुभ रहे थे..... रीमा ने आज सौरभ का दूसरा ही रूप देखा था। उसका हृदय तार–तार हो गया... अपने कमरे में जाकर लगातार भगवान से पूछ रही थी– 'मुझे ऐसा जीवन साथी क्यों दिया?'

विश्वास

कचरा बीनने वाले का बेटा विश्वास! जब वह अपने पिता को काम करते देखता, तो वह उनकी सहायता के लिए हाथ आगे बढ़ा देता। पिता की बीमारी ने डाक्टर बनने की उसकी इच्छा को हवा दी, लेकिन जब वह सुनता कि बिना कोचिंग कुछ नहीं हो सकता तब कुछ समय के लिए खुद पर से उसका विश्वास डोल जाता। एक क्षण बाद फिर आगे बढ़ जाता। उसके विद्यालय के एक अध्यापक उसका मार्गदर्शन समय–समय पर करते रहते थे जिससे उसका मनोबल हमेशा बना रहता था।

ऐसा चलते–चलते परीक्षा का समय भी आ गया। परीक्षा देकर जब वह बाहर निकला, तब जो आवाज उसके कानों में पड़ी, उससे उसके होश फाख्ता हो गए। परीक्षार्थी आपस में बात करते नजर आए... मुझे एक प्रश्न नहीं आया...मुझे दो....मुझे तीन।

"मुझे तो पूरे पन्द्रह प्रश्न!" यह सोचकर विश्वास के ख्वाब का ग्राफ नीचे गिर गया। निराश होकर वह पिता के काम में हाथ बटाने लगा।

एक दिन अचानक विद्यालय के उसी मददगार अध्यापक को अपने घर के दरवाजे पर मिठाई के साथ देख वह हतप्रभ रह जाता है..."गुरु जी आप!"

"शाबाश बेटा! तुमने परीक्षा पास कर ली।" मिठाई खिलाते हुए बोले।

आज विश्वास का विश्वास आसमां में उड़ने को बेकरार था।

छल की सजा

छल की सजा

"आजकल तेरी बेटी नहीं आ रही?" मीना बाई से पूछती हुई...

"क्या बताऊं मेमसाब! हमें उसने मुंह दिखाने लायक भी नहीं छोड़ा।" बाई फूट—फूट कर रोने लगी।

"ऐसा क्या हुआ? मुझे बता... शायद मैं तुम्हारी कुछ मदद कर सकूं।" मीना उसको ढांढस बंधाते हुए कहती है।

...अगले दिन बाई अपनी बेटी रमा को लेकर आती है। वह उसकी मांग में सिंदूर देख सब हालात भांप गई। उसे बैठने का इशारा कर रीमा रसोई से बिस्किट का पैकेट लेकर उसकी ओर बढ़ाती है।

यह देख रमा भावुक हो जाती है, रोते हुए सारी आप बीती बतानी शुरू कर देती है..."आंटी मुझसे बहुत बड़ी भूल हो गई। मैंने और नीरज ने छिपकर शादी की। मेरे सारे पैसे खत्म होने पर वह मुझे अकेला छोड़ कहीं चला गया। कुछ दिन मैंने इंतजार भी किया, फिर कई महाजन जब उधार पैसे का तकाजा करने आए, तब मैं समझ गई कि उसने मेरे साथ बहुत बड़ा छल किया है...।" रमा की आंखों के आंसू अब खून बन जमने लग गए।

मीना रमा से पूछती है "क्या तुझे अभी भी रिश्ता रखना है?"

"नहीं" एकटूक जवाब के बाद रमा शांत हो गई।

"सबसे पहले यह सिन्दूर पोंछ फिर एक नई ज़िंदगी में प्रदार्पण कर...। क्या तुम ऐसा कर पाओगी?"

"हां मेमसाब... ज़रूर करूंगी, पर यह सिंदूर उस दिन मिटाऊंगी जिस दिन उससे अपने सारे हिसाब—किताब सूद सहित ले लूंगी।"

"इसमें बदनामी बहुत है।"

"कोई बात नहीं...जैसा मेरे साथ उसने छल किया वैसा ही दंड उसे मिलना ही चाहिए न! अपना सारा पैसा भी वापस लूंगी। इसके लिए मुझे जो कुछ भी करना पड़े, करूंगी।"

भारत में ऐसी कई सामाजिक संस्थाएं हैं, जो इस तरह से पीड़ित महिलाओं की मदद के लिए हमेशा तैयार रहती हैं। मीना ने उनसे संपर्क स्थापित किया और उस छलिया को ढूंढ निकाला।

नीरज ने रमा के पैसे लौटा दिए। फिर पैर पकड़कर गिड़गिड़ाने लगा——"जेल मत भेजो मुझे...।"

"मेरी अस्मिता का हिसाब अब वहीं होगा।"

सही सलाह

पानी के बताशे की दुकान पर नेहा आती है और कहती है कि "भैया, एक प्लेट पानी के बताशे खिलाना।"

बताशे वाले ने दोना उसके हाथ में पकड़ा दिया और बताशे खिलाने शुरू कर दिए। ज्यों ही वह पहला बताशा मुंह के पास लेकर गई, तभी पास में खड़ा एक गरीब लड़का, जिसकी उम्र लगभग दस साल की होगी, गाना गाने लगता है... "मैं ख्याल हूं किसी और का मुझे चाहता कोई और है... पर हूं किसी और के मुंह में।"

अब जैसे–जैसे वह खाती जाती वैसे –वैसे वह गाना गाने लगता।

नेहा को पानी के बताशों का बहुत शौक था, इसलिए उसके गाने पर ध्यान न देकर वह चुपचाप खाती गई। जब पूरी प्लेट खा ली तब ना आव देखा न ताव झन्नाटेदार छापड़ लड़के के गाल पर जड़ दिया।

वह लड़का जोर जोर से रोने लगा।

नेहा ने कहा, "जब गा रहे थे तब सोचा नहीं कि इसका अंजाम क्या होगा?"

वह रोता रहा.. नेहा लगातार बोलती रही। उनकी बात सुनकर पानी के बताशे वाला बोला "मैम! एक बार उसकी बात सुन लीजिए न!"

लड़का बोला "मैम! जब भी पानी के बताशे सामने आते हैं पता नहीं कैसे मुंह से अपने आप ही यह गाना निकल जाता है। पानी के बताशे बहुत अच्छे लगते हैं मुझे। शायद इसलिए...गाना सुनकर लोग मेरी पिटाई..."

"फिर भी तुम नहीं सुधरते।" गुस्सा करते हुए नेहा ने कहा।

"मैम! अगर ऐसा नहीं करूंगा तो मुझे पानी के बताशे मुफ्त कौन खिलाएगा? मेरे पास इतने पैसे नहीं हैं और न ही मेरे माता–पिता मेरी यह ख्वाहिश पूरी कर पाते हैं...।" कहते–कहते धीर गंभीर हो जाता है वह।

"भैया, इसको भरपेट पानी के बताशे खिलाओ।"

जब उसने भरपेट खा लिया तब नेहा ने उसको समझाया– "जो तुमने आज किया, यह सही नहीं है। किसी से भीख नहीं मांगते, बल्कि अपनी मेहनत की कमाई से ही खाना चाहिए।"

एक महीने बाद लौटकर नेहा फिर वहां आयी थी। देखती है कि वही लड़का वहां दुकान में काम करने लगा है।

लड़के ने उसके पैर छुए और कहने लगा– "मैम! आज मैं आपको भरपेट बताशे खिलाऊंगा, वो भी अपने पैसों के।"

वक़्त

''ट्रिन...ट्रिन..''

''हैलो! कौन?'' मीना ने फोन उठाकर कहा।

''नमस्ते दीदी, मैं किरन..। आपकी बाई।''

''हां! कैसी हो? बच्चे ठीक हैं न?''

''दीदी, कुछ भी ठीक नहीं है? खाने के भी लाले पड़ गए हैं। इस महीने की तनख़्वाह मिल जाती तो...''

बीच में बात काटते हुए मीना बोली, ''इस महीने तो तुम बिल्कुल आई नहीं फिर...?''

''दीदी, जब लॉकडाउन खुल जाएगा तब मुझसे ज्यादा काम ले लेना।'' किरन की आवाज में भारीपन आ गया है। इसे महसूस किए हुए थोड़ा ठहरकर मीना ने कहा, ''चल ठीक है... कल ले जाना।''

''दीदी, आप पेटीएम कर देतीं तो अच्छा रहता, आपकी सोसाइटी में घुसने न देंगे मुझे!''

''ठीक है! न० भेज।''

''दीदी आप दिन-दूनी रात-चौगनी तरक्की करें, भगवान आपका घर हमेशा भरें।'' ''चल पगली! अब चने के झाड़ पर बैठाएगी क्या मुझे?'' कहकर फोन रख देती है।

ऊपर भगवान की ओर मुंह करके कहती है- ''हाय! यह कैसा समय आया जो बिन काम के पैसे देने पड़ रहे हैं?'' गुनगुनाते हुए रसोई की तरफ बढ़ गई...

''वक़्त रहता नहीं कहीं टिक कर,

आदत इसकी भी आदमी सी है,

तुम तो खुद एक आदमी हो,

फिर वक़्त को क्यों

भला-बुरा कहते हो?''

नसीब

"मेमसाहब दस रूपये दो ना कुछ सुबह से नहीं खाया बड़ी भूख लगी है।" सड़क पर भीख माँगता हुआ एक सात साल का बच्चा तरसती निगाहों से।

लीना ने गाड़ी एक कोने में करी और बच्चे को बुलाकर पास में खड़े बड़ा पाव वाले से कहा कि उसको भर पेट खाने दो। उसका पेट जब भर गया तब एक सवाल जो उसके मन में बहुत देर से हिचकोले खा रहा था बाहर आ गया।

"बेटा तुम भीख क्यों माँग रहे हो? तुम्हारे माता–पिता कहाँ हैं मिलना चाहती हूँ।" लीना बोली

थोड़ी देर चुप रहने के बाद आँखों में आँसू लिए हुए वह बच्चा बोला "मेमसाहब मेरे माता–पिता कहाँ हैं? मुझे नहीं पता। मैंने जब आँखें खोलीं तब मैं ऐसी जगह था जहाँ यह कहा गया मुझसे कि तुम्हें हम डस्टबीन से उठाकर लायें हैं। जो हम कहेंगें तुम्हें वही करना होगा और यह बात भी गाँठ बाँध लो कि यहाँ पर सपने देखना मना है।" कहते–कहते जोर–जोर से रोने लगता है।

"क्या तुम मेरे साथ चलना चाहोगे?" लीना ने प्रश्न किया

"नहीं मेमसाहब क्यों अपनी जान जोखिम में डालना चाहती हो? मेरा नसीब मेरे माँ–बाप ने पैदा होने से पहले ही लिख दिया था।" बच्चा तरसती निगाहों से अलविदा कहता हुआ।

भरपेट भोजन के बाद उसकी आँखों में जो लीना ने आत्मविश्वास के सुनहरे पल देखे वह शायद कभी ना भुला पाए।

"इसमें बच्चे का क्या कुसूर था? जो वह भुगत रहा है। काश! उसके सपने भी साकार हो पाते मैं इस पूरे सिस्टम को बदल पाती।" लीना सोचती हुई घर आ जाती है।

एक हाथ से ताली नहीं बजती

फसल खेतों में लहलहा रही थी। दोनों बाप–बेटे की ज़िंदगी में जैसे फिर से बहार आ गई हो, दोनों को देखकर तो ऐसा ही प्रतीत हो रहा था। खेत भी कई सालों बाद आज खिलखिलाकर हँसे थे, मानो बंजर भूमि उपजाऊ होने लगी हो।

बेटा मुन्ना अपने पिता को मुस्कुराते हुए देखकर अपनी पिछली ज़िंदगी में खो जाता है... कैसे सुबह तड़के वह फावड़ा और तसला लेकर अपने बाबूजी के साथ खेतों में पहुँच जाता था। पूरे दिन वहीं पर दोनों मिलकर खेतों में काम करते, दोपहर को माँ दोनों को खाना खिलाने आती और वह कैसे माँ की गोद में सर रखकर सो जाया करता। धीरे–धीरे माँ सर में ऊँगलियां फेरती और कुछ गुनगुनाने लगती।

बड़ा होने पर रंक की बातों में आकर शहर में जाना और ज्यादा पैसे कमाने का लालच। शहर में दूसरे की चाकरी करना, अगर काम में जरा सी कमी रह जाए तो तनख्वाह काटकर गाली–गलौज सुनना। कभी–कभी तो भूखे पेट ही सो जाना, कितनी गंदी जगह थी जहां वह रहा करता था, चारों ओर धूल–धक्कड़। उफ! कितने प्रदूषण से भरा था वह शहर।

सोचते–सोचते काँपने लगता है, तभी रामू जो उसके बाबू जी थे उसे हिलाते हैं। वह सामने बाबू जी को देखकर उनके गले लगकर खूब रोता है। बाबू जी मुझे माफ कर दीजिए, मैं पैसों की खनक से इतना व्याकुल हो गया था, जो यह भी न समझ सका कि ताली एक हाथ से बजाओगे तो तकलीफ देगी और दो हाथों से बजाओगे तो आनंद का अनुभव कराएगी।

बाबू जी उसका हाथ अपने हाथ में लेते हुए कहते हैं जो हुआ उसे बुरा सपना समझ भट्टी में डाल और हमेशा के लिए गाँठ बाँध ले कि आनन्दमय ताली कभी एक हाथ से नहीं बजती। दोनों फिर से लहलहाते खेतों का आनंद लेने लग जाते हैं।

उचित-अनुचित

कानपुर में रहने वाली रूचिता, एक प्यारी सी लड़की, पढ़ने में बहुत होशियार थी। डीयू में पढ़ने के लिए दिल्ली आती है। उसने 98% नम्बर लेकर अपने जिले का नाम रोशन किया था। आजकल हर बच्चे की पहली पसंद होती है कि वह डीयू में पढ़े। अपनी इच्छा को पूरा करने वह भी दिल्ली आ गई, उसका दाख़िला एक नामी विद्यालय में भी हो गया और पढ़ाई भी शुरू हो गई। अच्छे से सब काम चलने लगा। यहाँ पर भी उसने अपना ख़ूब नाम कर लिया पर...

उससे एक भूल हो गई, उसे इतने बड़े शहर में रहना नहीं आता था कि क्या सावधानी बरतनी चाहिए? वैसे मां ने समझाया था, पर उम्र का तकाजा जो था, सो बना लिए दोस्त बिना सोचे समझे। उनके साथ "हवा का रूख" कब बदल गया, वो कब अँधेरों के साये में डूबने लगी, उसे पता ही नहीं चला! जब भी घर से कोई आने को कहता तो वह कोई ठोस बहाना बता उनको रोक देती। झूठ बोलना उसके लिए आजकल आम बात बन गई थी। काफी दिन बीत जाने के बाद उसके मम्मी–पापा बिना बताए ही उसके पास आ गए। वह उन दोनों पर बहुत नाराज हुई, पर वो तो उसके अभिभावक थे। उन्होंने भाँप लिया ज़रूर दाल में कुछ काला है....

उन्होंने कुछ ही समय में सब पता लगा लिया कि मॉजरा क्या है? दोनों नें उसको बैठाकर बात करनी उचित समझी क्योंकि बड़े बच्चों पर जोर जबरदस्ती ठीक नहीं। उन्होंने उससे पूछा ये तुम्हारा अपना निर्णय है, जो तुम कर रही हो? अब आगे क्या होगा तुमने कभी सोचा है?

'हां मैं ठीक कर रही हूँ अब मैं बड़ी हो गई हूँ अपना भला–बुरा समझती हूँ।' रूचिता ने तपाक से जवाब दिया...

पापा तो हस्तप्रध से हो! उसको देखते रह गये... पर मां से चुप न रहा गया। वह अपने को संभालते हुए बोलीं... 'तो ठीक है बहुत बड़ी हो गई हो, भला बुरा सब समझती हो, तो खुद कमाओ और रहो! हम तुम्हें कुछ नहीं कहेंगे...

मां–पापा ऐसा कहेंगे, यह तो उसने कभी सपने में भी नहीं सोचा था। 'मां–पापा के बिना... नहीं वह नहीं रह सकती! यह क्या हुआ!' ऐसा सोचकर वह घबरा जाती है...

वह समझदार तो थी ही, बस थोड़ी सी चकाचौंध में कहीं खो गई थी। बात समझ में आने के बाद... मां से लिपटकर फूट–फूटकर रोने लगती है। अब उसे अपनी गल्ती का अहसास हो गया था। जिसके लिए वह माफी मांग रही थी।

सब भुलाकर दोनों ने उसे गले से लगा लिया और उचित–अनुचित का भेद भी बताया। जो शायद अक्सर इस उम्र में बच्चे भूल जाते हैं। यह माता–पिता का कर्तव्य है कि अपने बच्चों को पहचानो और उनको सही मार्ग पर कैसे लाना है यह समझो।

आज फिर से रुचिता पहले जैसी बन गई है और उसने 'हवा के रूख' को अपनी इच्छा से मोड़ना भी अच्छी तरह से सीख लिया है...

क्या सही क्या गलत

रूटीन चौकअप हेतु मां शैला अपने बेटे रोहन के साथ गाड़ी की ओर बढ़ गई। वहां पहुंचकर बेटे ने आगे की सीट का दरवाजा खोल दिया और मां को बैठाने लगा।

'मैं आगे नहीं पीछे बैठूंगी।' मां

'क्यूं मां?' बेटे के मांथे पर लकीरों का झुरमुट उभर आया..

'अरे इतना परेशान क्यों होता है, ऐसी–वैसी कोई बात नहीं। आगे बैठूंगी तो सीट बैल्ट लगानी पड़ेगी। उससे मेरा दम घुटता है। एक तो गाड़ी बंद, उस पर वो ठंडी–ठंडी हवा पैरों और सर पर लगती है, ऊपर से बैल्ट बांध कर पेट में भी अफारा ले आऊं। ना जी ना मैं तो पीछे ही सही हूं। कम से कम पेट तो बचा ही सकती हूं।' कहकर अंदर सांस भरती हैं...

'मम्मी आप अब बैल्ट बांधने से बच नहीं सकतीं क्योंकि दिल्ली में अब पीछे बैठने वालों को भी सीट बैल्ट बांधनी पड़ेगी। यह कम्पलसरी हो गया है, नहीं तो जुर्माना भरना पड़ेगा।' रोहन मां को समझाते हुए कहने लगा...

'यह तो बड़ी मुसीबत आ गई! अब डा० के पास जाते–जाते ही मैं कई बीमारियों से ग्रसित हो जाऊंगी। बेड़ा गर्क हो ऐसे नियमों का, मैं तो ना लगाऊं, चाहे कुछ भी हो जाए।' कहकर पीछे की सीट पर बिना सीट बैल्ट बांधे बैठ जाती हैं...

'मम्मी यह सारे नियम हमारे भले के लिए ही तो सरकार बना रही है। जैसे आपकी आंख लग जाती है और आप चलती गाड़ी में कभी इधर तो कभी उधर गिरती रहती हो। जिससे चोट लगने का खतरा ज्यादा रहता है, उससे बचाव होगा।' रोहन मां को समझाते हुए।

'बात में तो दम है बेटा पर! जब अब तक कुछ ना हुआ मुझे, तो मैं तो ना बांधू यह काला मोटा सा फीता।' मां पीछे अपना सिर रखकर आंखें बंद कर लेती हैं।

रोहन के कानों में अब खर्राटों की आवाजें शोर मचाने लगे थे। मां कभी इधर गिरती, कभी उधर गिरती फिर आंखें खोलतीं और पूछतीं कि डा०साहब का क्लीनिक आ गया क्या? फिर कार में खर्राटें गूंजने लगते...

डिब्बे में कै़द समाज

गाँव से नेहा के बाबा–दादी का आगमन होता है। उनका आवाभगत भी अच्छे तरीक़े से किया जाता है। फिर सब अपने–अपने कमरों में चले जाते हैं। बाबा–दादी भी आराम करने चले जाते हैं क्योंकि सफर में थकान होना लाजमी है, ऊपर से बूढ़ा शरीर।

बाबा जी को इस बार कुछ अटपटा सा लग रहा था। बड़ी ख़ामोशी पसरी थी घर में! सब पूरा–पूरा दिन अपने मोबाइल और लैपटॉप में ही लगे रहते। आपस में बात–चीत का तो नामोनिशान ही ख़त्म हो चला था। फिर और किसी के घर आने का तो सवाल ही पैदा नहीं होता। कई दिन ऐसे ही चलता रहा। बाबा–दादी आपस में बात करते और किसी के पास तो उनसे बात करने का समय ही नहीं था!

एक दिन सामान लगा कर वो सुमित से बोले "अगर थोड़ा सा समय हो तो हमें स्टेशन तक छोड़ आओ।"

सुमित आश्चर्य से "क्यों पापा आप तो महीने भर को आये थे फिर!"

बात बीच में काटते हुए "क्या करें बेटा? तुमको तो समाज से कोई मतलब है नहीं। पूरे दिन इन्हीं संचार माध्यमों में उलझे रहते हो! पर हमें तो इसी समाज में रहना है।"

"पापा आपको पता है हम इन्हीं माध्यमों के जरिये पूरे संसार के समाज से जुड़े हैं। सारी दुनिया एक–दूसरे की साथी बन बैठी है घर रहते हुए।" सुमित ने पापा को समझाना चाहा।

"चल दिखा कैसे? मुझे फला–फला से मिलना है नाम लेकर, क्या मिलवा पायेगा?" पापा गुस्से से।

बेटे ने पापा की सबसे फेस टू फेस बात करवा दी। अब तो बाबा जी बहुत खुश दादी माँ को बुलाकर कहने लगे "ओ सुमित की माँ जरा इधर तो आओ! देखो पूरा समाज ही इस छोटे से डिब्बे में कैद है। बेकार ही हम इधर–उधर फिरते हैं। बुढ़ापे में चला भी तो न जाता है हमसे। अब हम कहीं नहीं जा रहे यहीं रहेंगें अपने बच्चों के पास।"

नेहा चुटकी लेती हुई "बाबा जी आपके लिये भी पूरा समाज डिब्बे में कैद कर दूँ।"

परवरिश

आज अपनी सेवानिवृत्ति लेकर लौटे भानुप्रसाद जी बड़े सोच में थे दरवाजा खोलकर वहीं सोफे पर पसर जाते हैं अब आगे कैसे होगा? अभी तो दो बच्चों की शादी भी नहीं हुई है और मैं सेवानिवृत्त!

तभी उनकी पत्नी विमला कमरे में आ जाती हैं और कहती हैं "आज तो खुशी का दिन है फिर मुँह क्यों लटका हुआ है साहब का? हमें भी तो पता चले। आपको किसी ने कुछ कहा"... बीच में बात काटते हुए वे कहते "नहीं कुछ नहीं बस यूँ हीं" अपने चेहरे पर बनावटी मुस्कान लेते हुए।

विमला बच्चों को आवाज लगाती है "चीना, मुकुन्द जरा यहाँ तो आओ, आज शाम को बाहर खाना खाने जाना है। पापा आज सेवानिवृत्त हो गये हैं सो अब रोज हमारे साथ रहेंगें।"

"अरे वाह! मजे आ गये तब तो आयोजन होना चाहिये" बच्चे खुश होते हुए कमरे में प्रवेश करते हैं और पापा से लिपट जाते हैं। पापा... पर वो तो अंदर से रो रहे थे।

बच्चे बड़े थे, सब समझ गये माजरा क्या है? दोनों पास बैठते हैं और पापा को समझाते हैं "पापा पहले आपके सिर्फ दो हाथ कमाने वाले थे, पर अब हम दोनों भी तो कमाते हैं, तो बताओ कितने हाथ हो गये? सब मिलकर करेंगें तो सब काम सहजता से निबटा लेंगें। अब आप आराम करेंगें और हम काम फिर चिंता कैसी?"

यह सुनकर भानुप्रसाद जी की आँखों में खुशी के आँसूं आ जाते हैं। वे दोनों बच्चों को गले से लगा लेते हैं और कहते हैं कि "मैं तो भूल ही गया था कि मेरे चार हाथ और भी हैं।"

मृगतृष्णा

"पापा आपने झूट बोला था कि शादी कर लो उसके बाद जो तुम्हारे सपने हैं वे सब विनीत पूरे करा देगा।" नीतू फोन पर पापा से मन की बात कहती है।

"क्या हुआ मेरी बच्ची? आज इतने सालों बाद ऐसा प्रश्न!" पापा ने प्यार जताते हुए कहा।

"हाँ पापा, आपको तो पता है कि बचपन से ही जब मैं कुछ करने की सोच लेती थी, वह पूरा करके ही मानती थी। आपने कहा शादी कर लो तुमको बहुत बढ़िया पति मिला है, वह इसी डिपार्टमेंट में है, जिस प्रोजेक्ट पर तुम काम करना चाहती हो। तो पापा मैंने कहना मान लिया था। पर! जब भी इस पर काम करने की सोचती हूँ कोई न कोई समस्या मेरे सामने खड़ी हो जाती है और मैं पीछे हट जाती हूँ।" नीतू पापा से शिकायत करती हुई कहती है।

"कोई बात नहीं अगर सपना पूरा नहीं हो पाया तो क्या? वैसे तो खुश हो।" पापा नीतू को समझाते हैं

"पापा देखो न! आज नदियाँ कितनी दूषित होती जा रहीं हैं। मैंने विनीत से बोला भी कि इन्हें बचाने में मुझे भी अपना योगदान करने दो, यह मेरी बचपन की ख़्वाहिश है। तुरंत कहने लगे काम करना था तो शादी नहीं करनी थी। वैसे मैं बहुत खुश हूँ पर!" नीतू अपने शब्दों को विराम देते हुए।

"पर क्या? अपने परिवार में खुश रहो! आज तो घर में रहते हुए भी इस काम को अंजाम दिया जा सकता है। फेसबुक के जरिए से!" खुश रहो! कहकर पापा फोन काट देते हैं।

बड़ा कौतूहल मचा उस दिन उसके दिमाग में। कई सालों की मृगतृष्णा! जो वह साथ लेकर चल रही थी धीरे–धीरे गति पकड़ने लगती है।

उड़ने की चाह

"आज नवी को स्कूल से आप लेते आना मुझे थोड़ा काम है।" रसोई में से नीरा काम करते हुए धीरज से बोलती है...

"नहीं मैं नहीं ला पाऊँगा मुझे भी काम है तुमने तो रोज का ही काम बना लिया" धीरज चिल्लाकर बोलता है....

"कल लाना तो तुम्हें ही पड़ेगा।" वह भी चिल्लाकर बोलती है....

"नहीं लाऊँगा तुम छुट्टी ले लो और घर पर रहो" वह तेज आवाज में बोलता है...

"मैं क्यों तुम क्यों नहीं?" नीरा की आवाज में भी तेजी आ गई थी...

दोनों ही तेज आवाज में बोल रहे थे। ऐसा प्रतीत हो रहा था जैसे दो विरोधी गुटों में युद्ध चल रहा हो। खूब कटाक्ष तीरों के प्रहार किए जा रहे थे एक दूसरे पर। लग ही नहीं रहा था कि कभी दोनों ने एक साथ जीने–मरने की कसमें भी खाई थीं। इस समय तो बस यही दिख रहा था कि दोनों अपनी बात ही ऊपर रखना चाह रहे थे। दोनों ने घर भी सारा अस्त–व्यस्त कर दिया था गुस्से में।

तभी दोनों की नजरें एक कोने में खड़ी अपनी बेटी पर पड़ती है, जो सुबक–सुबक कर रो रही थी। दोनों उसे गोदी में लेने के लिए हाथ आगे बढ़ाते हैं। पर! वह दोनों के पास नहीं जाती और दोनों का हाथ झटक कर अपनेआप को एक कमरे में बंद कर लेती है। अब दोनों का लड़ाई का भूत उतर जाता है और दोनों के मुख से बस इतना ही निकलता है...”उड़ने की चाह में हम भूल ही गए थे कि हमारा एक प्यारा सा परिवार भी है।"

राज जो खुल न सका

समा और मनु ने कमरे में प्रवेश किया ही था कि माँ की आवाज आती है। "आ गए तुम दोनों। समा जरा मेरे पास आना।"

"अभी आती हूँ माँ!" कहकर हाथ–मुँह धोने बाथरूम की तरफ मुड़ जाती है। मनु वहीं कमरे में बैठ जाता है।

"हाँ माँ अब बताओ क्या करना है?"

"ले मनु को पानी और चाय दे दो, और तुम भी पी लो।" एक ट्रे में दो कप चाय और दो पानी के गिलास पकड़ाते हुए माँ।

"माँ आप भी तो अभी ऑफिस से आईं हैं, आप भी थोड़ी देर आराम कर लीजिए।"

"नहीं बेटा मुझे अभी बहुत काम है, तुम भी चाय पीकर यहाँ आ जाओ।"

समा थोड़ी देर बाद माँ के पास आती है और रसोई में उनका हाथ बँटाने लग जाती है। परंतु उसके मन में बचपन से एक प्रश्न हिचकोले खा रहा था, सो आज खुशनुमा माहौल देखकर उसने पूछ ही लिया। "माँ क्या हम स्त्रियों को भगवान ने ज्यादा ताकतवर बनाकर इस दुनिया में भेजा है?"

माँ उसको देखकर मुस्कुरा देती है, फिर से मुड़कर काम में लग जाती है। समा माँ का हाथ पकड़कर "माँ आपने मेरी बात का जवाब नहीं दिया।"

"देखो बेटे! इसका जवाब तो मैं भी बचपन से खोज रही हूँ और आज तक मेरी भी समझ से बाहर रहा है। मेरी क्या? किसी की भी समझ से बाहर है, यही तो वह राज है जो आज तक खुल न सका, न ही आगे खुलने की कोई उम्मीद है..." कहकर दोनों सास–बहु ठहाके मारकर हँसती हैं।

दोनों की आवाज सुनकर मनु और उसके पापा भी वहाँ आ धमकते हैं और फिर सब ज्यों का त्यों चलने लगता है।

संस्कार

बाबा–पोते की आपस में काफी बनती थी। कहते हैं कि एक उम्र के बाद इंसान फिर से बच्चा बन जाता है वो ही मि० श्याम के साथ हो रहा था। एक दिन उनका पोता (शोभित) फिल्म देखने की जिद करने लगा। बस फिर क्या था... वे तुरंत तैयार हो गए, पोते का हाथ पकड़ चल पड़े।

बाबा जी ने पोते को एक जगह ले जाकर खड़ा कर दिया और कहा अब यहाँ से फिल्म देखो!

बड़े आश्चर्य से शोभित ने बाबा जी को देखा! कहने लगा यहाँ से फिल्म?

"हाँ यह कोई फिल्म से कम है क्या।"

शोभित कभी ताली बजाता, कभी कूदता, कभी घूमने लगता, कभी दम साधकर बैठ जाता, कभी हँसता। नित नई–नई हरकतें कर रहा था। जिसे देखकर बाबा जी को भी अपने बचपन के दिन याद आ गए और वे भी उसके जैसी हरकतें करने लगे।

अचानक फोन की घंटी बजती है, दोनों चौंक जाते हैं क्योंकि वे दोनों तो अपनी मस्ती में गुम थे!

"अभी आते हैं फिल्म अभी बाकी है" कहकर मि० श्याम ने फोन काट दिया।

पता ही नहीं चला कब शाम हो गई? घर आकर शोभित माँ से बोला "मम्मी ऐसी फिल्म में मैं भी काम करूँगा।"

"बाबूजी आप ही बताइए यह क्या कह रहा है?" माँ आश्चर्य से पूछती है!

"कोई बात नहीं कल इसका दाख़िला करा देता हूँ, एक अच्छा क्रिकेटर बनकर निकलेगा। आख़िर पोता किसका है?" मि० श्याम गर्व से सर ऊपर करते हुए।

रीना (शोभित की माँ) कभी भी बाबा–पोते के बीच नहीं आई थी क्योंकि उसे पता था कि बाबूजी कभी भी बेटे को गलत राह नहीं दिखायेंगे। जो संस्कार हम बेटे को नहीं दे पा रहें हैं वो माँ–बाबूजी से ही उसे मिल सकते हैं।

"बाबूजी जैसा आप ठीक समझें।" कहकर मुस्कुराते हुए रीना वहाँ से चली जाती है। बाबा–पोते खुश होते हुए दे ताली पे ताली खेलने लग जाते हैं।

दवा से ज्यादा दुआओं का असर

चीना एक मरीज को देखकर कुछ अनकहे लम्हों में चली जाती है और आँखों से यादों के झरोखे से निरंतर ना रुकने वाले आँसू बहने लगते हैं...

माँ बहुत बीमार थी। दवा ने भी धीरे–धीरे अपना असर दिखाना बंद कर दिया था। सब डा० जवाब दे चुके थे। पापा के हाथ का स्पर्श जैसे ही माँ को हुआ उन्होंने आँखें खोल दीं और तरसती निगाहों से पापा की तरफ देखा! लग रहा था मानो! कुछ कहना चाह रहीं थीं।

परंतु मैं उस समय बहुत छोटी थी समझ नहीं पाई क्या हो सकता है? पापा समझ गए उन्होंने मम्मी से पूछा तुम्हारे मंदिर में चलें! वे तुरंत चैतन्य अवस्था में आ जाती हैं। फिर हम तीनों एक ऐसी जगह पहुँच गए जहाँ एक महिला उन सब मरीजों की सेवा कर रही थी जिनको डाक्टर जवाब दे चुके थे।

अब मेरी समझ में कुछ–कुछ आने लगा था क्योंकि माँ की आदत थी कि वो किसी बीमार को अगर गल्ती से भी देख लेतीं तो जब तक वह ठीक ना हो जाए, तब तक उसकी सेवा करती थीं। अब माँ के चेहरे पर वही पुरानी मुस्कान दौड़ आई थी और उन्होंने अपने मन रूपी पूजा थाल में सेवा रूपी बाती लगाकर उसके बुझने तक वहीं पर रहना पसंद किया।

मैं और पापा नम आँखों से माँ को निहार रहे थे। आज मेरी समझ में आ गया था कि माँ मुझे बरसों से क्या समझाना चाहती थीं?

एकाँत नहीं अकेलापन

दरवाजा खोल विभा अंदर प्रवेश करती है। गुप्प अँधेरा कमरे में पसरा था। रोशनी करती है..

"माँ तुम कहाँ हो?" परेशान सी चारों ओर देखती है!

धीमी सी आवाज लड़खड़ाती हुई आती है "कौन... कौन आया है इस बुढ़िया के पास?"

"मैं माँ तुम्हारी गुड़िया।" नजदीक जाती हुई..

लहराती सी आवाज में माँ.. "अरे कोई ख़बर नहीं दी आने की, कुछ तो बता दिया होता।"

बात पूरी होने से पहले ही वह माँ को लिपट जाती है और कस कर पकड़ लेती है (कभी ना छोड़ने वाली स्थिति में)

"माँ यह क्या हाल बना रखा है आपने" कहते हुए आँखों से टप–टप आँसू गिरने लगते हैं!

वह शायद उससे पहले कभी इतना न रोई थी!

"क्या करूँ बेटा! आँखों से दिखाई भी तो नहीं देता, पैरों में भी बहुत दर्द रहता है, जिसके कारण चलने में काफी परेशानी होती है! और मरे ये कान भी अब दगा दे गए हैं, इनसे ठीक से किसी की बात सुन भी नहीं पाती हूँ। सारा शरीर अब बेकार हो चला है। बस अब तेरी माँ कुछ दिनों की मेहमान है।" माँ ठंडी साँस भर्ती है!

"माँ इसी को बुढ़ापा कहते हैं" विभा माँ से मस्खरी करती हुई।

"कर ले माँ से मस्खरी।" कहते हुए मुस्कुराने लगती है... फिर एक क्षण बाद आँखों में आँसू लिए हुए "काश! तुम्हारे पापा जिंदा होते, तो यूँ अकेले जिंदगी न काटनी पड़ती। छोड़ यह सब मुझे बता कैसे आना हुआ? घर में सब ठीक हैं न? जमाई बाबू और बच्चे नहीं दिख रहे!"

"माँ सब व्यस्त हैं। मुझे आपकी याद आ रही थी, तो सोचा आपको सरप्राइज दूँ।"

"अच्छा किया, मेरी आँखें भी खुल जाएँगी और मुँह में जो सड़न पैदा हो गई थी अब दूर हो जाएगी।" बेटी के सर पर हाथ फेरती हुई माँ।

"माँ घर में कोई दिखाई नहीं दे रहा, सब कहाँ हैं?" आँखें ढूँढती हुई...

"यहाँ भी सब व्यस्त हैं।" कहकर बेटी के हाथ पर अपना हाथ रख देती है।

"माँ क्या मैं भी बुढ़ापे में अकेली ऐसे ही पड़ी रहूँगी।" माँ की गोद में अपना सर रख देती है।

दोनों लंबे अरसे बाद मिल रहीं थीं तो बातों का सिलसिला थमने का नाम ही नहीं ले रहा था। विभा माँ से बाँतें तो कर रही थी परंतु अपने आगे आने वाले समय को भी नजदीक से देख चिंता से ग्रसित होती जा रही थी।

अपने मायके में कुछ दिन बिताकर वह अपने घर वापस आ गई थी। परंतु अब उसका ज़िंदगी जीने का अंदाज ही बदल गया था। वह पहले से बेहतर और जोश के साथ अपनी ज़िंदगी जी पा रही थी। जिसे देख सभी कह रहे थे कि बीच–बीच में अपनी माँ से मिल आया करो, तुम्हारे और हमारे लिए अच्छा रहा करेगा। विभा मुस्कुराते हुए अपने काम में मुस्तैद हो जाती है।

आओ हाथ बढ़ाएँ

नवीन गुप्ता जी हर साल कनागतों में आने वाली अमावस्या को बहुत बड़ा भंडारा रखते। आज भी उन्होंने भंडारा रक्खा हुआ था। पूरे शहर से गरीबों की लाईन लगी थी। वे सबको खाने के साथ कपड़े और उनकी ज़रूरत का सारा सामान दे रहे थे। सब बहुत खुश नजर आ रहे थे और लगातार दुआओं का सिलसिला जारी था।

वे सब आपस में बुदबुदा रहे थे कि बहुत नेकदिल इंसान हैं हर साल ऐसे ही करते हैं और पूरे साल जब भी किसी को किसी चीज की ज़रूरत होती है तब भी वह उनकी सहायता करते हैं। पता नहीं भगवान ने इन्हें औलाद क्यों नहीं दी और इनके तो अभी माता–पिता भी हैं फिर भी! हर साल यह परिवार ऐसा करता है। पता नहीं इसके पीछे क्या कारण हो सकता है?

एक व्यक्ति उनकी बाँतें सुन रहा था। जब उसकी बारी आयी तो उसने पूछ ही लिया? "श्रीमान जी कृपया मेरी शंका का निवारण कीजिये कि आप ऐसा हर साल क्यों करते हैं?"

जो जवाब आया वह सुनकर उसकी आँखें खुली की खुली ही रह गईं, मस्तक झुक गया और हाथ आदर से जुड़ गये।

वे शब्द आप भी सुनिये "इस देश में कितने लोग ऐसे हैं जिनका श्राद्ध नहीं हो पाता है। चाहे कुछ भी कारण रहा हो जैसे– सड़क दुर्घटना या फिर किनारे पर सो रहे लोग आदि ऐसे व्यक्ति जिनकी पहचान नहीं हो पाती। उन सब लोगों के लिये मैंने यह दिन चुना है। कहते हैं कि जिनकी मरण की तारीख़ याद ना हो तो उनके लिये इस दिन तर्पण किया जाता है।" शायद अब आप सभी की शंका का निवारण हो गया होगा।

सफेद बालों का हुनर

दो बुजुर्ग महिलाएँ पार्क में बैठीं बात करती हुई...

'मकान न० 404 से रोज अजीब–अजीब सी आवाजें आती रहती हैं।' पहली बुजुर्ग महिला आँखों की पुतलियों को हिलाती हुई।

'हाँ सुना तो मैंने भी है।' दूसरी बुजुर्ग महिला भी अपना सर हिला देती है।

फिर क्या था? दोनों चौके पे चौका, छक्के पे छक्का मारने लग जाती हैं उस घर के लिए। जब उन दोनों ने अपने–अपने मन की बात कह दी, तब कहीं जाकर वे दोनों शांत होती हैं।

थोड़ी देर चुप रहने के बाद पहली महिला बोलती है 'आज के जमाने से तो हमारा जमाना ही अच्छा था। कम से कम इस तरह की आवाजें तो घर से बाहर नहीं जातीं थीं।'

'बिल्कुल सही कहती हो बहन जी।' दूसरी भी हामी का दम ठोंकती हुई।

दोनों फिर से अपने जमाने की बात करने लग जाती हैं 'देखो न हमारे समय में कितना बड़ा परिवार होता था। सास–ससुर, नंदें, देवर, जेठ, बाबा–दादी और भी कई लोगों का आना–जाना लगा रहता था। इन सबकी सेवा करते–करते अपने बच्चों को तो देखने तक का भी समय नहीं मिल पाता था। बहस तो दूर की बात है। कितने सारे बच्चे चुटकियों में पल जाते थे। आजकल की औलादों को तो देखो बस! अपनी महत्वकांक्षाओं की पूर्ती करने की लगी रहती है। परिवार जाए भाड़ में!' कहते–कहते गंभीर हो जाती हैं।

'चलो छोड़ो क्या बात लेकर बैठ गए हम भी? लेकिन सोचने वाली बात यह है कि जब आज का यह हाल है तो कल न जाने क्या होगा?' पहली बुजुर्ग महिला के माथे पर चिंता की लकीरें खिंच जाती हैं।

'सुबह से शाम तक बाहर पुरुषों के साथ कंधे से कंधा मिलाकर काम करने वाली महिलाएँ भी तो आज घर चलाने में अपना योगदान कर रहीं हैं। हमारी तरह घर तक ही सीमित नहीं हैं। इसलिए पुरुषों को भी आगे बढ़कर परिवार बचाने के लिए अपना योगदान देना चाहिए। पुरुष ही क्यों? बड़े–बुजुर्गों को भी अपना अहम दूर रखकर सिमटते परिवारों को बचाने में सहयोग करना चाहिए। चलो! अब बहुत ज्ञान की बांते हो गईं। घर चलते हैं और अपने बच्चों का घर सँभालते हैं। कल 404 वाली के साथ एक कप चाय का आनंद लिया जाए और अपने सफेद बालों का हुनर उसको भी सिखाया जाए।' कहकर दोनों चेहरे पर मुस्कान लिए घर की तरफ मुड़ जाती हैं।

अर्द्धांगिनी

सुबह सूरज की पहली किरण के साथ ही उठ जाना और अपने–अपने काम में लग जाना, यही क्रम रोज का होता था उदय और नीना का। नीना एक घरेलू महिला थी वहीं उदय नौकरीपेशा वाला। परंतु उदय कभी नीना को घरेलू औरत नहीं मानता था। वह हमेशा कहता कि घर में रहना और बच्चों को पालना बहुत मेहनत का काम है।

वह नीना की हर काम में मद्द करता, दोनों की आपस में खूब बनती थी। यह सब देखकर आस–पास वाले और रिश्तेदार काफी जलते थे। दोनों कहीं पर भी जाते तो साथ जाते वरना जाते ही नहीं थे। दुनिया क्या सोचती है इसकी परवाह उन्हें नहीं थी?

एक बार उदय की तबियत ज्यादा ख़राब हो जाती है, डाक्टर ने सब काम के साथ–साथ गाड़ी चलाने तक को मना कर दिया था। नीना जो घरेलू होने के साथ–साथ बाहर का काम भी उदय के साथ देखती थी। अब उसे किसी परेशानी का सामना नहीं करना पड़ा और बड़ी समझदारी से उसने सब संभाल लिया। यहाँ तक कि अस्पताल से गाड़ी चलाकर घर आती और घर का सारा काम करके फिर वहीं जाती। दोनों अपने पुराने दिन याद करने लगते और सात फेरे जो उन्होंने साथ–साथ लिए थे वो भी याद करके मुस्कुरा लेते।

अस्पताल से छुट्टी मिलने के बाद घर में पहुँचकर एक दिन उदय ने नीना को अपने पास बुलाकर बैठाया और प्यार से उसकी तरफ देखते हुए कहा "मेरी अर्द्धांगिनी बहुत बहादुर है और सबसे अलग भी। क्यों सही कह रहा हूँ न मैं?"

"बस यही बात जो मेरे अर्धनारीश्वर की मुझे बहुत भाती है।" कहकर! वह शर्मा जाती है और अपने हाथ से अपना मुँह ढँक लेती है।

ज़िंदगी से कर लो दोस्ती

"हाय मर गई रे! मुआ दर्द अब सहा नहीं जाता, इससे तो हे! भगवान मुझे उठा ले।"

माँ के शब्द नैना के कानों में पड़ते हैं, तो वह माँ के पास आकर बैठ जाती है और पैर दबाते हुए कहती है "मम्मी जी अभी तो आपको अपने पोता–पोती, नाती सभी की शादी करानी है। कहाँ जा रही हो?"

"अरे! वो तो मैं अपने मन को तसल्ली दे देती हूँ जब ज्यादा दर्द होता है।"

"सच में मुझे अभी बहुत काम हैं। चल पगली तू तो सच मान बैठी।" माँ दर्द भूल मुस्कराते हुए खुली आँखों से सपने संजोने लगती है।

"अच्छा मम्मी आप कितने सालों से मरकर भी जिंदा हो जाती हो?"

"उड़ा ले मजाक अपनी बूढ़ी माँ का पर देखना, मैं शादी में नाचूँगी भी और गाऊँगी भी क्योंकि मैंने ज़िंदगी से दोस्ती जो कर ली है।" कहकर माँ फिर दर्द से तड़पते हुए कहने लगती है "मर गई मैं तो, अब ज़िंदगी मुझे अलविदा कह दे न मेरे यार।"

बेटी अबकी बार ठहाके लगाकर हँसती है मम्मी आपका कुछ नहीं हो सकता, आप भी न बहुत हँसाती हो कहकर दोनों ठहाके लगाकर हँसने लगती हैं.... ज़िंदगी की गाड़ी निरंतर गतिमान रहते हुए अपने सफर को तय करने लगती है और माँ–बेटी की मीठी सी नोंक–झोंक भी।

वीरांगनाएं

तालियों की गूंज से सारा वातावरण गुंजित हो चला था। मानों, धरती नृत्य कर रही हो। लव्या ठक...ठक... कदमताल मिलाती, अपने दोनों आगंतुकों के साथ आगे बढ़ रही थी।

''रतनलाल जी, उर्फ थल बटालियन के कर्नल, जो देश के लिए शहीद हुए थे। आज मरणोपरांत उन्हें 'महावीर चक्र' से सम्मानित किया जाता है।'' एक आवाज हवा को चीरती हुई आती है।

''आपको आज यह सम्मान लेते हुए कैसा प्रतीत हो रहा है? कृपया दो शब्द बोलिए।'' माईक मुंह के आगे लाते हुए एक प्रैस रिपोर्टर।

अपनी आँखों के आंसू छिपाती हुई ''अगर! मेरी जगह रतनलाल जी यह पुरस्कार खुद लेने आते, तो मैं वाकई बहुत खुश होती!''

चारों ओर सन्नाटा...

सन्नाटे को चहलकदमी में बदलती लव्या ''मैं अब उनके अधूरे कार्यों को पूरा करने हेतु सेना ज्वाइन करना चाहती हूँ।''

तालियों की सरगम... उसकी इच्छा को स्वीकृति प्राप्त होती हुई। अब गर्व से सीना चौड़ा करके पुरस्कार लेते हुए सभी उसे भीगी पलकों से देख रहे थे और दुआएँ दे रहे थे।

जय हिन्द जय भारत, जय भारत की वीरांगनाएँ... इस नारे से सारा वातावरण गुंजायमान हो चला था।

गरीबों की दीवाली

दूर एक दिया टिमटिमा रहा था। मीना उस ओर प्रभु के साथ खिंची जा रही थी, ज्यों-ज्यों वह उसके नजदीक पहुँचती जा रही थी त्यों-त्यों दिए की रोशनी बढ़ती जा रही थी।

"देखिए न यह लौ कैसे अपनी ओर हमें खींच रही है!" मीना ने प्रभु से प्रश्न किया।

"जब हम अपने अंदर के पाप को समाप्त कर पुण्य कर्म में लीन हो जाते हैं तब इस प्रकार की रोशनी हमें अपनी ओर आकर्षित करती है।" प्रभु ने मीना की ओर देखते हुए कहा।

बातों-बातों में वे दोनों एक टूटे-फूटे घर के बाहर अपने आप को खड़ा पाते हैं। वहाँ एक लौ से सारा वातावरण जगमगा रहा था। अंदर से एक आवाज बाहर मीना के कानों में आती है "मेमसाब आप!"

"हम आज तुम्हारे साथ खुशियाँ बाँटने आए हैं। बच्चों बाहर आओ चलो मुँह मीठा करो और ये पटाखे हैं इन्हें भी चलाओ। अब हमसे तो कुछ होता नहीं है जबसे बच्चे बाहर गए हैं।" कहते हुए मीना की आवाज में रूंधापन आ जाता है।

बात बदलते हुए अंजू "मेमसाब आपने तो आज हम गरीबों की दीवाली का रूप ही बदल डाला। आज मुझे अपने फैसले पर गर्व है कि मैंने आप जैसी मालकिन पायी।" कह मीना के व प्रभु के पैर छूने लगती है।

मीना उसे गले से लगा लेती है और खूब आशीष देती है।

बरसात की काली रात

बरसात की काली रात, भयावह करने वाली रात, अब खत्म होने को थी। सभी परिचितों ने जागरण करके उस काली रात को बिताया था। दो साल का मासूम नन्हा लव अपनी माँ की गोद में लगातार रोए जा रहा था, शायद उसे दूध की दरकार थी। बेचारी माँ निरूपा के पास सूर्योदय होने और बरसात के रुकने की आस के सिवा कुछ शेष नहीं बचा था। ऊपर आसमान की तरफ अपना मुख किए हुए, अपने बच्चे को गोद में लिए, बस एक आस के साथ टपकती तिरपाल में बैठी थी और टप–टप–टप की आवाज से ही अपना मनोबल बढ़ा रही थी कि एक समय आएगा जब यह कहर थमेगा।

उधर कुदरत का कहर जो थमने का नाम ही नहीं ले रहा था। सुबह तड़के पाँच बज रहे होंगे, अचानक जोर–जोर से आवाजें आने लगती हैं और आकाश से एक भयानक आवाज के साथ एक चमक बिखेरती तलवार उसकी टपकती तिरपाल पर गिरती है। जो भूचाल पूरी रात आया था, सब कुछ चंद मिनटों में शांत हो गया था।

अब वहाँ न दूध की पुकार थी और न सूर्योदय का इंतजार। दो साल का बच्चा लव अपनी माँ निरूपा की गोद में चिरनिंद्रा में सो गया था, परिवार के सभी परिचित भी चिरनिंद्रा में विलुप्त हो गए थे।

उफ्फ! बहुत दर्दनाक मंजर... माँ की गोद में बच्चा, बच्चे को बचाती माँ और सभी परिचितों की खुली आँखें, सभी कुछ उस भयानक काली रात का मंजर बयाँ कर रहे थे। गरीबी अब भी अपना मुँह बंद कर, टुकुर–टुकुर देखे जा रही थी।

स्वर-व्यंजन-मात्रा

नीना जो हमेशा से अपने स्कूल व घर का नाम रोशन करती आ रही थी। उसने एक नामी विद्यालय से बारहवीं की परीक्षा 99% अंक लेकर उत्तीर्ण की। सभी समाचार पत्रों, चैनलों पर उसका साक्षात्कार दिखाया गया।

उसने उसी दिन निर्णय कर लिया था कि वह आई ए एस ऑफिसर बनेगी। इसके लिए उसने अपनी स्नातक की डिग्री के साथ–साथ कम्पटीशन की तैयारी भी शुरू कर दी। एक सीमा तक वह इसमें कामयाब भी हो गई।

उसने लिखित परीक्षा पास कर ली।

अब उसे अपने आपको साक्षात्कार के लिए तैयार करना था। वह कभी भी अपनी ज़िंदगी से समझौता करना नहीं जानती थी। हमेशा आत्मविश्वास से लबालब रहती थी।

आखिर साक्षात्कार का समय आ ही गया। वह सारे प्रश्नों का उत्तर बड़ी गंभीरता से दे रही थी। साक्षात्कार लेने वाले एक महानुभाव ने देखा कि यह सारे प्रश्नों का उत्तर अंग्रेजी में दे रही है। अब उन्होंने उसको विचलित करने हेतु हिन्दी में प्रश्न किया।

सबसे पहले 'स्वर' फिर 'व्यंजन' और फिर मात्राओं के विषय में प्रश्न पूछने शुरू कर दिए।

यह क्या? वह तो सभी हिन्दी के प्रश्नों में चुप...! उसको देखकर लग रहा था मानो अभी रोने लगेगी।

साक्षात्कार लेने बैठे सभी उसका मुँह देख रहे थे। उन्होंने उससे आखिरी प्रश्न किया?

''क्या तुम भारतीय हो? अगर हो तो अपनी मातृभाषा के प्रथम अध्याय को भी नहीं पहचानतीं...! तो तुम कैसे किसी की वास्तविकता के बारे में पहचान कर सकोगी?''

''आदरणीय एक अवसर दीजिए, आपको शिकायत का मौका कभी नहीं दूँगी।'' कहकर सिर नीचे झुकाकर बैठ जाती है।

साक्षात्कार खत्म होने का संकेत पाकर वह बाहर निकलती है सोचने वाली मुद्रा में....

हिन्दी के स्वर, व्यंजन, मात्राएँ आदि सब उसे अपने इर्द–गिर्द चक्कर लगाते हुए दिखाई देने लगते हैं।

आशीर्वाद

गणेश चतुर्थी का दिन था। सभी ओर से घंटी की ध्वनि अपना तारतम्य स्थापित किए हुए थी।

मिस्टर विवेक गुप्ता ने भी गणेश जी को अपने घर में स्थापित किया हुआ था। कोरोना की वजह से अकेले ही पूजा करने हेतु समय की माँग पुकार कर रही थी। सो गुप्ता जी का परिवार भी ऐसा ही कर रहा था।

गुप्ता जी की माता जी सुबह-सवेरे नहा-धोकर पूजा के लिए फूल लेने बाहर जाती हैं। तभी एक काली बिल्ली उनका रास्ता काट जाती है।

"अपशगुन हो गया। अब क्या होगा? हरी ओम" कह उसको वाईपर से मारने लगती हैं।

तभी उनके पड़ोस में रहने वाली मिसेज क्षमा गोयल बाहर आती हैं और बिल्ली को अपने घर में प्रवेश कराकर दूध खाना देती हैं। प्यार से सर पर हाथ फेरती हैं तो वह बिल्ली 'म्याऊं-म्याऊं' की आवाज करती हुई वहीं पर विश्राम करने हेतु सोफे पर लेट जाती है। कुछ समय पश्चात बाहर निकालने के लिए कहती है और चली जाती है।

मिसेज गोयल उसको बाहर तक छोड़ने जाती हैं। यह सब देख गुप्ता जी की मम्मी ने उनसे सवाल कर लिया..

"आपने इसको घर में क्यों लिया?"

"गणेश उत्सव पर मुझे किसी का पेट भरने का सौभाग्य प्राप्त हुआ। इससे अच्छा और क्या हो सकता है मेरे लिए। साक्षात गणेश जी का आशीर्वाद प्राप्त हुआ है।" कह मिसेज गोयल का चेहरा फूल की तरह खिल उठता है।

"घोर कलयुग आ गया है" कह गुप्ता जी की माता जी अपने घर का दरवाजा ठक से बंद कर देती हैं और मिसेज गोयल अपना दरवाजा आहिस्ता से बंद करती हैं।

भूख

रक्तदान का दिन आखिर आ ही गया। पर कोरोना वायरस अभी चारों ओर इस कदर फैला था कि कोई भी नहीं आ रहा था। सुबह से शाम होने को आई। डाक्टर साहब का चेहरा एकदम शांत था क्योंकि उन्हें पता था कि कोई नहीं आएगा।

अचानक थम–थम की आवाज उनके कानों में पड़ती है। वे देखते हैं कि एक फटे कपड़ों में पतला सा इंसान उनकी तरफ आ रहा है। खैर! उन्होंने फटाफट अपनी 'पी पी ई किट' पहनी और अपना काम शुरू कर दिया।

रक्तदान की शुरुआत हो चुकी थी। उन्होंने पैसे मेज पर रख दिए। जब वह गरीब व्यक्ति पैसे लेकर जाने लगा, तब उन्होंने एक सवाल किया, जो उनको बहुत देर से परेशान कर रहा था।

"क्या तुम्हें कोरोना से डर नहीं लगता?"

"हम गरीब की झोली में भगवान डर शब्द डालना भूल गए थे।" कहकर उस व्यक्ति ने ठंडी साँस ली।

"साहब, इन्हीं पैसों से आज मेरे घर में चूल्हा जलेगा।" रूपए लेकर वह वहाँ से चला गया और डाक्टर साहब उसको दूर जाते हुए देखने लगे।

रूखापन

'काजल, जब काम खत्म हो जाए तो दो कप चाय बना लियो और हाँ, अलमारी में एक डिब्बे में बिस्किट हैं वो भी ले आइयो।' कमरे में से आवाज काजल के कानों में पड़ती है।

थोड़ी देर बाद एक ट्रे में दो कप चाय और एक प्लेट में बिस्किट लेकर काजल कमरे में प्रवेश करती है।

'ये लो अम्मा जी' कह ट्रे स्टूल पर रख लौटने लगती है।

'कहाँ जा रही है? तनिक बैठ तो।' चनीचे फर्श पर बैठने लगती है।

'वहाँ न बैठ, कुर्सी पर बैठ, चाय पीने का आनंद नीचे न आवेगा।'

'अम्मा जी जित्ता टाइम इसे पीने में लगावत हूँ, उत्ते तो मैं दो घर का काम कर लूँ।' कहते–कहते काजल चाय की चुस्कियाँ लेने लगती है।

'देख बेटा घर तो तुझे बहुत मिल जायेंगे और पैसे भी मिलेंगे पर, ये मुई बातूनी बुढ़िया जो न जाने कितने दिनों की है फिर न मिलेगी। अकेले कमरे में बैठे–बैठे मन भी नहीं लगता। तुझसे दो–चार बातें कर लेती हूँ तो मन शांत हो जाता है।' कहते–कहते आँखों में आँसू दबाव बनाने लगते हैं।

'चाय पी ली अम्मा जी, अब जाऊँ?' कह ट्रे उठा कमरे से बाहर निकल जाती है।

बर्तन धोते–धोते बड़बड़ाती है 'बड़े घर की बड़ी बातें। कहने को तो इतने सारे सदस्य हैं घर में पर...! फिर भी घर की मालकिन अकेली यहाँ–वहाँ झाँकती हुई। अम्मा जी के साथ बिताए पल! शायद उनको इस अकेलेपन से बाहर निकालने में उनकी मदद कर सकें और मुझे भी दो पल का आराम मिल गया साथ में चाय का लुत्फ भी उठा लिया।

'अम्माजी मैं जा रही हूँ।'च'रुक! दरवाजा तो बंद कर दूं और तेरी शकल भी देख लूँ पता नहीं कल मैं रहूँ या न।' लड़खड़ाते पैरों से दरवाजे पर पहुँचती हैं।

काश...! हम मिले न होते

"मम्मी मेरे स्वेटर निकाल दो न, ठंड शुरू हो गई है।" चीना

"मम्मी मुझे भी बहुत ठंड लग रही है, जल्दी निकाल दो न...!" निखिल

"निकालती हूँ बाबा, थोड़ा तो समय दो न।" मम्मी रजनी

"मुझे भी अब ठंड की दस्तक सुनाई दे रही है।" पापा पंकज

"चलो! सब मिलकर निकालते हैं।" मम्मी रजनी हाथ हिलाते हुए

सब काम छोड़ पहले सब स्वेटर निकालने में लग जाते हैं...

अब दिल्ली की सर्दी का तो सभी को पता है, कैसी होती है? इस बार एकदम से ज्यादा सर्दी आ गई और वो भी बहुत जल्दी! किसी को भी संभलने का मौका नहीं मिला।

इधर त्योहार खत्म भी नहीं हुए थे, उधर जाड़े ने भूचाल मचा दिया।

"जब मौसम करवट लेता है, तो एक काम यही बढ़ जाता है। गर्मी के कपड़े रखो और सर्दी के कपड़े निकालो।" मम्मी रजनी बड़बड़ाते हुए...

कई दिनों तक यह काम चलता रहा। हर बार रजनी अकेली इस काम को अंजाम देती थी क्योंकि सब व्यस्त रहते थे। इस बार कोरोना के चलते सभी ने मम्मी की मदद के लिए अपने हाथ बढ़ा दिए थे।

इसके चलते रजनी (मम्मी) बहुत खुश थी कि चलो कोरोना ने एक काम अच्छा किया, सबको काम करना तो सिखा दिया। अब मुझे कहना नहीं पड़ रहा, सब अपने आप ही आगे आ रहे हैं।

रजनी ने देखा कि सब काम में व्यस्त हैं, तो धीरे से अपना मोबाइल उठाया और उस पर काम शुरू कर दिया क्योंकि बहुत दिनों से काम के चलते कुछ नहीं कर पा रही थी।

जैसे ही मोबाइल पर उसने काम शुरू किया, वैसे ही सभी काम छोड़ मोबाइल में लग जाते हैं और काम ठप्प!

यह देख वह अपना माथा पकड़ बैठ जाती है। 'यह तो स्यापा हो गया! बड़ी मुश्किल से सबको काम पर लगाया था।' अब क्या करूँ... क्या करूँ... सोचते-सोचते मोबाइल पर गुस्सा निकालते हुए कहती है 'काश! हम मिले न होते!' उसको मेज पर पटक फिर से काम करने लगती है। उसको देख सब फिर से काम करने लगते हैं...

अब सिर्फ एफ एम पर तेज आवाज में गाने चल रहे थे। अन्नू कपूर जी अपनी आवाज के जादू से सबको सम्मोहित कर रहे थे और काम भी समाप्त होने की दिशा में चल पड़ा था।

चंद साँसें

भरा–पूरा परिवार। पोता–पोती के साथ पूरे दिन धमाचौकड़ी मचाती दादी नीरा। सभी को मन से स्नेह देने वाली बीमारी की चपेट में आ जाती है। घर के एक कमरे में बंद, लाचार।

'बहू जरा सुनो।'

बार–बार आवाज लगाती पर...! आवाज दरवाजे से टकरा फिर वहीं ठहर जाती।

थोड़ी देर बाद एक आवाज उनके कानों में पड़ी...

'मम्मी जी ख़ाना व दवाईयां बाहर रख दी हैं। मैं यहाँ से चली जाऊँ तभी लीजिएगा।' आवाज बंद...!

किसी तरह उठना लकड़ी के सहारे से गेट तक पहुँच, खाना अंदर लेकर मेज पर रख। पूजा कर मुँह बिटार फिर चादर तान लंबी साँस खींच शांत हो जाना। यही रोज का रूटीन नीरा का रह गया था।

भगवान से अनगिनत प्रश्न ही प्रश्न 'क्यों मैं? क्यों यह सब? क्यों नहीं मेरी बाकी ज़िंदगी एक ज़रूरतमंद को? मैं भारी सब पर? मेरा जीवन अब व्यर्थ, मैंने अगर अपनी ज़िंदगी में कुछ अच्छे कर्म किए हों तो उनका मूल्य आज हे भगवान मैं आपसे माँगती हूँ।'चकह अपनी चंद साँसों को समेटती दूसरी दुनिया में विचरण करती। न जाने कब इस भार वाली ज़िंदगी से बाहर निकल अपने को खुश देखती आज खुली हवा में साँस ले रही थी!

धरोहर

माँ का फोन आता है "बेटी अब तो आ जा...! अपना कीमती सामान जो यहाँ छोड़ गई थी अब ले जा। अब तबीयत ठीक नहीं रहती है। पता नहीं ऊपर वाले का कब बुलावा आ जाए?" कहते-कहते चुप हो जाती है।

"जल्दी आती हूँ माँ, फिकर ना कर मेरी माँ को कुछ नहीं होगा!" कहकर अनिता फोन रख देती है।

व्यस्त जीवन में से समय निकालकर वह मायके जाती है। माँ से लिपटकर खूब रोती है क्योंकि कई सालों बाद जो मिलना हुआ था। "माँ तुम ठीक तो हो ना!"

"हाँ ठीक हूँ बस! थोड़ी सी खाट पकड़ ली है। पता नहीं ऊपर वाले का कब बुलावा आ जाये? अपनी धरोहर जो मेरे जिम्मे छोड़ गई थी अब संभाल ले। उस कमरे में रखी है।" कमरे की ओर इशारा करती है।

अनिता कमरे में प्रवेश करती है, वहाँ जाकर देखती है कि उसकी डायरी वैसे ही खुली पड़ी है उसके पास चश्मा और पेंसिल जैसे वह छोड़कर गई थी वैसे ही पड़ी है पर! एक भी धूल का कण उसको छू तक नहीं पाया था। माँ ने बहुत संभालकर रखी थी उसकी धरोहर। यह सब देखकर वह अपनी पुरानी यादों में चली जाती है कि कितना शौक़ हुआ करता था उसको लिखने का और माँ कितना प्रोत्साहन देती थी? इतने में माँ की आवाज कानों में पड़ती है और वह बाहर आती है।

"माँ आप कितनी अच्छी हो। आपने एक धूल का कण भी लगने ना दिया मेरी धरोहर पर और मैं कैसे अपनी ज़िंदगी के कोरे पन्नों को भरने में लग गई आपको यहाँ अकेला छोड़कर। काश! ऊपरी चश्मा हटाकर मन की आँखों से देखा होता तो!" कहते हुए माँ से लिपटकर रोने लगती है।

छत्रछाया

ॐ भूर्भुवः स्वः तत्सवितुर्वरेण्यं भर्गो देवस्य धीमहि धियो यो नः प्रचोदयात्। की धुन कानों में पड़ते ही सीमा दरवाजा खोलती हुई।

चिउं... की आवाज... सामने २०–२२ वर्ष के एक नौजवान को देख अनायास ही प्रश्न मुख से प्रकट हो जाता है! हांजी कौन?

'नमस्ते आंटी जी। कपड़े प्रैस वाला।' अदब से सर झुकाते हुए।

'तुम मोहन के बेटे। पापा की तबियत..?' संदेह में प्रश्न करती है।

'जी आंटी! आज से मैं ही आऊँगा, बाहर का वातावरण पापा के विरुद्ध है। पापा को डाइबिटीज व बी पी की समस्या है। मम्मी तो अब हमारे बीच हैं नहीं, ईश्वर से एक ही प्रार्थना है कि पापा की छत्रछाया इसी प्रकार बनी रहे।' बेटा उदासीन हो चला था..

बेटे को उदास देख झट से बात बदलती हुई सीमा!

'शाबाश बेटा। काश! तुम्हारे जैसी सोच हर बच्चे की हो तो ये वृद्धाश्रम ही न हों?' कह सीमा उसकी पीठ थपथपाती है।

'अरे! मैं तो भूल ही गई, तुमसे बातें ही करने लगी। ठहर! अभी लाती हूं।' कह घर में अंदर जाती है।

थोड़ी देर बाद...अपने एक हाथ में कपड़ों की पोटली और दूसरे हाथ में खाने के फलों की थैली उसे पकड़ाती है।

'आंटी जी यह फल किसको देने हैं?'

'किसी को नहीं! तुम्हारे घर के लिए हैं। 'च' नहीं आंटी जी! पापा कहते हैं अपनी कमाई से ही रोटी खाओ! '

'बेटे तुमसे बातें करके आज बहुत अच्छा लगा, यह फल भी तो तुम्हारी कमाई के ही हैं। 'च' मैं समझा नहीं आंटी जी!'

'तुम्हारा कीमती समय मैंने चुराया है, यह उसका पारिश्रमिक है। 'च' धन्यवाद कह! मुस्कुराता हुआ मोहन का बेटा चला जाता है। सीमा अपने मन में बुदबुदाती हुई...'काश! थोड़ी समझदारी पैसे वालों को भी मिली होती तो ये वृद्ध श्रम बनते ही नहीं।' फिर घर के रोजमर्रा के काम निपटाने में व्यस्त हो जाती है।

चरमराती व्यवस्था

आर्डर... आर्डर...

"दंगें कराने में नीना और रीता का हाथ था। इसलिए इन दोनों को पाँच साल कारागृह में बिताने होंगे।" जज साहब हथौड़ा मेज पर पटकते हैं और जोर से सजा सुनाई जाती है।

इतना सुनते ही दोनों निराश हो जाती हैं। कोर्ट में उपस्थित सभी कानाफूसी करने लग जाते हैं कि ये दोनों मासूम दिखने वाली आतंकवादियों से मिली हुई हैं। देखो न दोनों कितनी भोली दिखाई देती हैं। माता–पिता तो पढ़ने हेतु भेजते हैं और ये यहाँ यह काम करतीं हैं।

'आजकल के बच्चे हैं जनाब' एक और तीर।

यह तीर सीधे उनके कलेजे में जा चुभा। उन दोनों का कलेजा चीख–चीख कर कहने को लालायित हो उठता है कि अपनी सफाई में कुछ कहा जाय।

'कहते हैं न कि कानून के हाथ बंधे होते हैं तो आज हम भी कानून और व्यवस्था की भेंट चढ़ गए।' दोनों आपस में बात करती हैं रूंधते गले से।

एक साल बाद...

आर्डर–आर्डर...

"दोनों को जमानत पर बरी किया जाता है क्योंकि अभी तक कोई पुख्ता सबूत हाथ नहीं लगे हैं।" कह जज साहब फिर हथौड़ा पीटते हैं।

उपस्थित सदस्यों की कानाफूसी "देखो! कितनी भोली बच्चियाँ हैं। भला, ये कहीं से आतंकवादी दिख रहीं हैं क्या?"

समय की मार झेलती, मुँह बंद कर देने वाली व्यवस्था से भला आज तक कोई बच पाया है क्या?

कर्मों का फल

सारे वातावरण को दुखमय करने वाली आवाज़ें, चहुँ ओर विलाप ही विलाप... कभी किसी घर से, कभी किसी घर से मन भयावह हो, कांपने लगा विपुल और उसकी अर्धांगिनी नीलिमा का।

'हे भगवान, बस करो अब देखा नहीं जा रहा।' कहते हुए दोनों शोकमग्न हो जाते हैं।

एक दिन टेलीविजन पर एक खबर से दोनों के मुख पर फिर मुस्कान उभर जाती है। दोनों एक–दूसरे का मुख देखते हैं और हाँ में सिर हिला देते हैं।

तुरंत सम्पर्क साध सीधे पांइट पर बात करते हैं। "हमें लेना है, कब आना होगा?"

'आप अपना आधार कार्ड लेकर आईएगा।'

'जी ज़रूर'

सुबह आठ बजे का समय, अपने जीवन का सपना पूरा करने हेतु आज समय से पहले पहुँचना। कई मन्नतें माँगी, पूजा अर्चना की, सब जगह दान–पुण्य करने वाला दंपत्ति शायद आज उनकी मनोकामना पूर्ति हो सके इसी आशा के साथ समय से पहले वहाँ पहुँच गए थे।

सब कार्यवाही पूरी करने के बाद विनय ने अपनी गोदी में टिया और नीलिमा ने आदि को लिया। तो उन दोनों को जैसे जन्नत मिल गई हो, ऐसा उनके चेहरे पर देखते ही बन पड़ रहा था।

'आप बहुत महान हैं, जो इन मासूमों को अपनी पहचान बनाने जा रहे हैं, वर्ना तो पता नहीं इन अनाथ बहन–भाइयों का कौन रखवाला होता...! इन्होंने इस महामारी में अपने माता–पिता सहित घर के सभी परिचितों को खो दिया है।' एक आवाज़... अस्पताल में ड्यूटी पर तैनात डाक्टर वर्धन गर्ग की रूंधते गले से आती है।

'हमारी सूनी गोद में भगवान ने इतना प्यारा उपहार दिया है, शायद यह हमारे कर्मों का ही फल है।' कहते–कहते नीलिमा दोनों को अपने गले से लगा लेती है।

'डॉ साहब आपने बहुत अच्छा कार्य किया है, दो परिवारों को एक परिवार बना दिया है। हमारी वर्षों से सूनी गोद भर दी।' बच्चों को अपने साथ ले दरवाजे से बाहर निकल जाते हैं।

'काश! ऐसे ही और दंपत्ति आगे आएँ और ऐसे कितने बच्चे हैं, जो इस महामारी में अपने माता–पिता से बिछड़ गए हैं, उन सभी को अपना लें तो कितना अच्छा हो।' कह ऊपर मुँह करके भगवान् से कहते हुए 'प्रभु तेरी माया तू ही जाने' अस्पताल का राउंड लेने निकल जाते हैं डॉ वर्धन गर्ग।

मन का सच

एक राजा जो बहुत क्रूर था। सभी पर आए दिन अत्याचार करता रहता था। अपने मन को तसल्ली दिया करता था। एक दिन वह अपने रथ पर सवार हो नगर देखने चल पड़ा। थोड़ी दूर ही गया था कि उसे एक बूढ़ी औरत भिक्षा मांगती दिखी। उन्होंने उस बूढ़ी औरत की कटोरी में कुछ सिक्के सोने के डाले और आगे बढ़ गए।

फिर उन्होंने अपने मन से पूछा 'क्या एक दिन मैं भी बूढ़ा ज़रूर होऊँगा?'

'हाँ क्यों नहीं...! सभी एक दिन बूढ़े ज़रूर होते हैं।' मन से आवाज आई।

अब वह आगे बढ़ा उसे एक बीमार व्यक्ति मिला, जो सड़क पर सबसे मदद माँग रहा था। उन्होंने उस बीमार व्यक्ति को अपने रथ पर चढ़ा लिया और अस्पताल की तरफ बढ़ चले। फिर उन्होंने अपने मन से प्रश्न किया, 'क्या कभी मैं भी बीमार होऊँगा?'

'हाँ क्यों नहीं? भगवान के बनाए इस शरीर में कभी न कभी तो बीमारी ज़रूर आएगी।' मन की आवाज में कृतज्ञता का भाव था।

अब अस्पताल में पहुँच उस व्यक्ति को इलाज के लिए भर्ती करा दिया। कुछ सोने के सिक्के देकर वे फिर आगे बढ़ चले।

रास्ते में अब उन्हें एक मृत व्यक्ति सड़क पर पड़ा मिला। उन्होंने उसे अपने सारथी के साथ कांधा देकर शमशान घाट पहुँच, वहां उनकी अंत्येष्टि की। फिर वे वापस अपने महल की तरफ लौट लिए। उन्होंने इस बार गंभीर हो अपने मन को टटोला 'क्या मैं भी एक दिन इसी प्रकार अचेतन अवस्था में लेट जाऊँगा?'

'हाँ क्यों नहीं? सभी को एक न एक दिन इस भगवान की बनाई ज़िंदगी से मुक्त होना पड़ता है। फिर आप क्यों नहीं...!'

यह सब देख राजा का मन व्यथित हो चला था। राजा ने आज मन के सच को आत्मसात कर लिया था और फिर कभी विचलित न होते हुए अपने आगे की डगर पर चल पड़ा था।

पापी पेट का सवाल

घंटी बजती है, पूजा दरवाजा खोलती है।

"अरे तुम आ गए?"

"जी मेमसाब" कहकर माली कृष्णा गमलों में काम करने लगता है।

पूजा भी उसको काम समझाने लगती है। तभी कृष्णा बहुत तेज खाँसता है।

"तुमको तो बहुत तेज खाँसी-जुकाम है, तुमने इसकी जाँच कराई या नहीं। आजकल कोरोना वायरस फैला है।" कहकर पूजा एक मीटर की दूरी पर पहुँच गई।

"मेमसाब कोरोना के बारे में टी वी पर बहुत सुन रहे हैं।"

'फिर भी तुमने परीक्षण नहीं कराया?'

'मेमसाब हम पूरे दिन धूप में ही काम करते हैं, हमें कुछ न होगा। यह तो हम मजदूरों के पास भी नहीं फटकता। अगर हम बैठ जाते हैं तो पीछे से हमारे बीवी-बच्चों का क्या होगा? पापी पेट की खातिर काम पर तो आना ही है।'

'नहीं ऐसा नहीं है, सबको नहीं रखते, जिनको कोरोना है सिर्फ उन्हें ही।' कहकर पूजा उसे पूरी जानकारी देती है और हाथ धुलवाकर लौंग, तुलसी, अदरक की चाय पीने के लिए देती है और कुछ पैसे भी।

साथ में हिदायत भी दे देती है कि आज ही अपना परीक्षण करा लो। जब तक तुम बीमार हो तब तक काम पर नहीं आना क्योंकि यह बहुत जल्दी एक से दूसरे में प्रवेश कर जाता है।

"आप जैसे सब नहीं होते।" कृष्णा खाँसते हुए चला जाता है।

विधार्थी जीवन

विधार्थी जीवन

रमेश और नरेश कक्षा दस के विधार्थी, जैसे ही मास्टर जी कक्षा में प्रवेश करते दोनों झगड़ने लगते। मास्टर जी उनके इस व्यवहार से बहुत परेशान थे, क्या करें? वे रोज दोनों को कक्षा से बाहर निकाल देते। कई दिनों तक यह क्रम लगातार चलता रहा। एक दिन तो हद ही हो गई, जैसे ही वे कमरे में प्रवेश करते हैं तो क्या देखते हैं कि वे दोनों बहुत जोर–जोर से लड़ रहे हैं और पूरी कक्षा दो हिस्सों में बँटी हुई है। आधे एक तरफ और आधे एक तरफ। उनकी लड़ाई पूरी कक्षा को प्रभावित कर रही थी और बात सिर के ऊपर से पार होती देख उन्होंने दोनों के हाथ में एक–एक पत्र पकड़ाते हुए कहा कि "अब तुम दोनों अपने अभिभावकों के साथ ही विधालय में आओगे और सीधे प्रधानाचार्य जी के कमरे में उनसे मिलोगे।" कहकर वे कमरे के बाहर निकल जाते हैं।

अगले दिन सुबह–सुबह दोनों अपने अभिभावकों के साथ प्रधानाचार्य जी के कमरे में तैनात मिलते हैं और दोनों के चेहरे पर जरा सी भी शिकन नहीं थी कि उन्होंने कोई गलत काम किया है। मास्टर जी को बड़ा ताज्जुब होता है उनका यह व्यवहार देखकर। तब तो उनके आश्चर्य की सीमा ही न रही जब अभिभावक यह कह रहे थे कि "ये तो बहुत पक्के दोस्त हैं और एक दूसरे के बगैर एक दिन भी नहीं रह सकते।"

उस समय मास्टर जी के मन पर करोड़ों सवाल एकसाथ दस्तक देने लगे। उन्हें कुछ समझ नहीं आ रहा था कि आख़िर अभिभावक ऐसा क्यों कह रहे हैं? बच्चे तो बच्चे बाप रे बाप... ये कैसा जमाना आ गया है? अब उनके सब्र का बाँध टूटना शुरू हो गया था। आख़िर उन्होंने अभिभावकों से प्रश्न किया? अगर ये दोनों पक्के दोस्त हैं तो फिर "वह रोज का झगड़ा क्या है?"

दोनों विधार्थी एकसाथ बोलने लगे क्योंकि आज उन्हें बोलने का मौका जो मिला था "मास्टर जी आप सिर्फ पढ़ाते ही रहते हैं कुछ समझाते ही नहीं हैं और हमारे प्रश्नों के उत्तर भी नहीं देते। हमसे कहते हैं कि खुद ही पता कर लो फिर कक्षा में बैठकर समय बर्बाद करने से अच्छा हमने सोचा कि क्यों न झूठे झगड़े करके वहाँ से खिसका जाये और पुस्तकालय में जाकर अपने प्रश्नों का उत्तर ढूँढ लिया जाए।"

"अब आप सब बताइए क्या हमने कुछ गलत किया है? हमने तो अपना अमूल्य समय ही बचाया है।" दोनों सबके सामने अपना सवाल रखते हैं?

दोनों की बात सुनने के बाद प्रश्नचिह्न की भाँति सब अध्यापक गण एक–दूसरे का मुँह देखने लगते हैं? क्योंकि इसका जवाब किसी के पास नहीं था?

मैं कौन हूँ

एक बार तीन दोस्त मानू, श्याम और राम रेल में सफर कर रहे थे। उनमें से मानू और श्याम को बहुत नींद आती थी। हमेशा आलस से लबालब रहते थे दोनों। सो उन्होंने अपनी–अपनी चादर बिछाई और तुरंत लेट, दूसरी दुनिया में खो गए।

उनमें से मानू की थोड़ी देर बाद आवाज आनी प्रारंभ हो जाती है। वह नींद में बहुत जोर–जोर से हँसने लगता है। सभी वहाँ पर उपस्थित यात्रीगण उसकी ओर देखने लगते हैं और आपस में बात करने लग जाते हैं "शायद सपने में कुछ कर गुजर रहा है बेचारा।"

तभी श्याम भी नींद में बहुत जोर–जोर से रोने लग जाता है। सब व्यक्तियों के माथे पर सलवटें उभर आती हैं। सभी एक दूसरे से कहने लग जाते हैं "शायद, बेचारे ने नींद में कोई बुरा सपना देखा होगा!"

राम जो यह सब नजारा देख रहा था। वह न हँसता है, न रोता है और न ही कुछ कहता है। बस उन सबकी बातें ही सुन रहा था और उन दोनों को देख रहा था बिल्कुल शांत मुद्रा में क्योंकि वह अपने दोस्तों को जानता था।

अचानक ट्रेन में जोर से झटका लगता है। गाड़ी सामने लगे खंबे से टकरा जाती है और दोनों सोने वाले दोस्त वहीं खत्म हो जाते हैं। तीसरा जो जागा हुआ था वह अपने आप को उस परिस्थिति से बाहर निकालने में सफल हो जाता है और जीवंत हो कह उठता है कि हे मेरे मालिक यह सब तेरा ही किया–धरा है। मैं कौन हूँ? जो मैं आज तक समझ न पाया...

आसरा

माँ के पीछे छिपी मासूम सी, बड़ी—बड़ी आँखों से मीतू को सम्मोहित करती प्यारी इमली, मीतू को विवश कर गई कि वह उसके साथ समय बिताए। कुछ अल्हड सी, कुछ चुलबुली सी, औरों से अलग, देखते ही सबको अपनी ओर आकर्षित करने वाली प्यारी सी इमली।

रोज अपने नए—नए कारनामों से घर में सबको सम्मोहित करने लगी थी। माँ ने जब सारी बारीकियाँ उसे सिखा दीं तो वह उसको अकेली छोड़ कहीं और चली गई। वह नन्हीं सी जान और इतना बड़ा जहान, करती और क्या न करती, उसने झट से मीतू को अपने मोहजाल में फँसा लिया।

आखिर सभी को एक आसरे की ज़रूरत होती है।

समय पर खाने की पुकार, हीटर के आगे अपनी ठंड को भगाती, अब कुछ निश्चितता दिखने लगी थी उसकी आँखों में। जब डर लगता तो घर के आगे जोर से आवाज लगाती। सब दौड़े चले आते आखिरकार घर में उसको पनाह मिल ही गई।

बड़ा ऐतराज था सभी को कि इसे छत पर ही रहने दो, घर पर नहीं लाना, बंदिशें बहुत होती हैं। परंतु कहते हैं न कि हर किसी का दाना—पानी ऊपर वाला निर्धारित करता है, तो यह मीतू की प्यारी 'बिल्ली' इमली के साथ भी हुआ।

अब दोनों कभी छत पर तो कभी घर पर एक—दूजे का मन लगाए रहती हैं। न वो अकेली और न वो अकेली, दोनों साथ—साथ एक से भले दो।

नए युग के चरण चिन्ह

बढ़ते प्रदूषण की वजह से दिल्ली में हर साल बदलते मौसम में बीमारी अपने विकराल रूप में आ जाती, जिसे देखकर मयंक बहुत परेशान होता। सभी को साँस लेने में भी तकलीफ होने लगती। समय मानों ठहर सा जाता है ऐसा प्रतीत होता है। बचपन से वह यही देख रहा था। यह बात उसे अंदर तक रौंदकर रख देती थी। क्या हम इससे उबरने के लिये कुछ नहीं कर सकते? यूँ ही हाथ पर हाथ रखने से तो काम नहीं चलेगा, कुछ तो करना होगा!

बस इसी उधेड़बुन में लगा रहता पता ही नहीं चला कब युवा होने की दहलीज पर पाँव रख दिया और आई.आई.टी. में दाख़िला ले लिया। अब तो दिन–रात पढ़ाई के साथ–साथ इस पर भी काम शुरू कर दिया। एक दिन आख़िर कार उसे कामयाबी मिल ही गई और उसने घरों को तो सुरक्षित कर ही लिया। एक जाली का निर्माण करके जिसमें से सिर्फ शुद्ध हवा ही अंदर आ पाती थी, परन्तु वह यहीं तक सीमित नहीं रहा।

बहुत खोजबीन के बाद उसने पता लगाया कि तीन पौधों से भी हम शुद्ध हवा ले सकते हैं जो हमें इस संकट से छुटकारा दिला सकते हैं। पहला पौधा है 'एरिका पाम' जिसे 'लिविंग रूम' प्लांट भी कहा जाता है। दूसरा पौधा 'मदर इन लॉ टंग प्लांट' जिसे 'स्नेह प्लांट', बेडरूम प्लांट भी कहते हैं। तीसरा पौधा है 'मनी प्लांट'।

इन सबसे हम पूरे शहर का प्रदूषण तो कम नहीं कर सकते परन्तु अपने घर को तो सुरक्षित कर सकते हैं ऐसा उसका मानना है। ये पौधे ज्यादातर घरों में होने से कुछ हद तक हम अपना योगदान दे सकते है। फिर वह और खोजबीन में लग जाता है।

मुहावरे पर आधारित (जिसकी लाठी उसकी भैंस)

कठपुतली

बहुत पहले की बात है एक प्रांत में पेटुमल नाम के राजा हुआ करते थे। उनको खाने में रोज नई–नई चीजें खाने का शौक़ था। खाना बनाने वाला रसोइया बहुत परेशान रहता। नित नए–नए व्यंजन बनाता एक साल हो गया। अब तो उसकी खोपड़ी ने काम करना भी बंद कर दिया था।

अगर वह दोबारा किसी व्यंजन को बना देता तो उसकी थाली उसी के मुँह पर मार दी जाती। बड़ा क्रूर किस्म का राजा था। बेचारा रसोइया क्या करता और क्या न करता पापी पेट की ख़ातिर सब अपमान सहन कर रहा था।

एक दिन राजा ने ढिंढोरा पिटवा दिया कि जो व्यक्ति सबसे स्वादिष्ट भोजन बनाएगा उसको राजा के यहाँ रसोइए की नौकरी मिलेगी। सबको उसके व्यवहार का पता था तो कोई भी भोजन लेकर नहीं आया। राजा का पारा सातवें आसमान पर पहुँच गया। उसने आव देखा न ताव फिर ढिंढोरा पिटवा दिया "सुनों–सुनों......सभी शहर वासियों सुनों.....हर घर से भोजन आना चाहिए... अगर कोई घर छूट जाता है तो उसे इस प्रांत से निकाल दिया जाएगा।

इतना सुनते ही सभी की साँसें जहाँ थीं वहीं अटक गईं ऐसा प्रतीत हो रहा था मानों गले में फाँस सी लग गई हो। ख़ैर, अगले दिन हर घर का मुखिया अपने हाथ में कुछ न कुछ लिए खड़ा था।

राजा के मुँह में इतना पानी इकट्ठा हो गया था, मानों खुलते ही बाढ़ आ जाएगी। सबका लाया व्यंजन मेज पर सजा दिया गया। अब राजा ने चखना शुरू किया। यह क्या है? सारा खाना एक जैसा था जैसे एक जगह बनाया गया हो। राजा गुस्से से चिल्लाया "यह सब क्या है?" सब अपनी जगह बुत की तरह खड़े थे।

"सबको प्रांत से बाहर किया जाता है।" राजा ने आदेश दिया

तभी उनका सलाहकार बोला "महाराज ठीक है जिसकी लाठी उसकी भैंस, पर! फिर प्रांत ही कहाँ बचेगा?"

राजा थोड़ी देर बाद "चलो कल से एक–एक घर से खाना आएगा।"

सब अपना सा मुँह लेकर अपने घर की ओर कदम बढ़ा देते हैं।

एक अनार सौ बीमार

डाक्टरी पढ़ाई पूरी करके निपुण घर आता है। कुछ दिन बाद ही उसका नियुक्ति पत्र भी आ जाता है।

"माँ देखो ना जिसका मुझे बहुत दिनों से इंतजार था वह पत्र आ गया है, मुझे जल्द निकलना होगा। मेरी बहुत इच्छा थी कि कुछ देश के लिए किया जाए।" माँ को पत्र देते हुए कहता है।

"तो तूने पक्का निश्चय कर लिया है वहाँ जाने का? मैं तुझे रोकूँगी नहीं क्योंकि सेवा में ही तो मेवा है।" आँखों में आँसू छिपाते हुए माँ।

"माँ आपको तो खुश होना चाहिए क्योंकि आपने हमेशा सेवा को ही महत्व दिया है अपनी ज़िंदगी मे।" माँ का आलिंगन लेता हुआ निपुण..

वे तैयारी में लग जाते हैं और एक दिन जाने का समय भी आ जाता है। वह चला जाता है और वहाँ पहुँच कर सब अच्छे से संभाल लेता है। सब कुछ अच्छे से चल रहा था पर यह क्या? अचानक से सीमा पर युद्ध छिड़ जाता है और दोनों तरफ से गोलियों की बरसात शुरू हो जाती है। घायल सिपाहियों को अस्पताल लाया जाता है। डाक्टर निपुण सभी को अच्छे तरीके से देखता है और दवाई भी देने लगता है पर उसके मस्तक पर चिंता की लकीरें साफ देखी जा सकती थीं।

यह देख कंपाउंडर ने पूछ ही लिया "सर कुछ परेशानी है क्या?"

थोड़ी देर बाद वो बोला "बहुत बड़ी समस्या हो गई है दवाई थोड़ी हैं और मरीज ज्यादा।"

"सर यह तो वही बात हो गई कि एक अनार सौ बीमार।" कंपाउंडर बोलता है।

"क्या करूँ? क्या करूँ?" इसी उधेड़बुन में लग जाते हैं डॉ निपुण...

मंगवाने में तो काफी समय लग जायेगा और यहाँ पर भी इतनी उपलब्ध ना हो पाएगी? बहुत सोच–विचार के बाद उसने आखिर में एक निर्णय लिया। सारे स्टाफ को तुरंत बुलाया और कहा जितने भी मरीज हैं उनको चार भागों में विभाजित कर दो। वर्तमान, भूतकाल, भविष्य और शून्य।

वर्तमान के अन्तर्गत ऐसे मरीज करो जिनको कम दवाई की ज़रूरत है। भूतकाल के अन्तर्गत ऐसे मरीज करो जिनको दवाई देने से फायदा नुक़सान बराबर हो। भविष्य के अन्तर्गत ऐसे मरीज करो जिनको दवाई देने से ज्यादा फायदा हो और शून्य के अन्तर्गत ऐसे मरीज हों जिनको दवाई की ज़रूरत ही नहीं हो।

सारे स्टाफ ने मिलकर विभाजन कर दिया और जितनी दवाई थी उससे ही इलाज किया गया। ऐसा करके उसने ज्यादा मरीजों को थोड़ी दवाई

में ही बचा लिया। सब अस्पताल कर्मचारी उसका साथ दे रहे थे।

"सर इतनी बड़ी मुसीबत को आपने मिनटों में हल कर लिया, हम आपके जज़्बे को सलाम करते हैं।" कहकर पूरा स्टाफ एक साथ सलूट मारता है।

सारा अस्पताल 'जय हिंद–जय भारत' के नारों से गूँज जाता है।

युद्ध समाप्त होने पर सरकार की तरफ से उसे पुरस्कार देने की घोषणा की जाती है। यह सब देखकर माँ–बाप का कलेजा खुशी से चौड़ा हो जाता है।

दो डस्टबीन

कचरा वाला राजू रोज दो डस्टबीन लेकर आता और सोसाइटी में सबसे कहता कि मेमसाब दो डस्टबीन रखिए। एक में गीला और दूसरे में सूखा कचरा डालिए। मुझे दोनों अलग-अलग करने होते हैं क्योंकि सरकार ने दो बड़े डस्टबीन बनाए हैं एक गीले के लिये और दूसरा सूखे के लिये।

सब उससे कहते कि यह तो तुम्हारा काम है हमारा नहीं। हम तुम्हें इस काम के लिये पैसे देते हैं इसलिये तुम जानो कैसे करना है? खूब बहस करते, वह समझाता रहता पर कोई नहीं सुनता।

वह फिर भी रोज समझाता कि गीला सूखा सब आपस में मिल जाते हैं मेमसाब, जिससे उसे सूखने में काफी समय लगता है और हवा भी इससे दूषित होती है। अगर गीला कूड़ा अलग होगा तो वह कम समय में सूख जायेगा और हवा को भी कम दूषित करेगा। प्रदूषित वायु में साँस लेने से हम सब बीमारी की चपेट में भी तो जल्दी आ जाते हैं। मच्छर भी तो गीले में ही पैदा होता है जिससे मलेरिया, चिकनगुनिया, डेंगूँ ना जाने कितनी तरह की जानलेवा बीमारी हो जाती हैं। इसलिये बरसात के मौसम में तो हमें अधिक सावधानी बरतनी चाहिये।

मिसेज कश्यप तो इतना सुनने के बाद उस पर बहुत भड़क गईं, कहने लगीं "कचरे वाला होकर हमें समझायेगा, अपनी औक़ात तो देख क्या है? मैं तुम्हें नौकरी से ही निकलवा दूँगी, अभी बात करती हूँ।" फोन हाथ में लेती हैं...

मिसेज गुप्ता जो सामने के फ्लैट में थीं सारी बात सुन रहीं थीं। तुरंत बाहर आतीं हैं और मिसेज कश्यप को समझाते हुए कहतीं हैं "भाभी जी राजू बात तो बड़े पते की कह रहा है। अगर हम सब ऐसा करने लग जायें तो हम सब घर में रहते हुए भी "स्वच्छ भारत अभियान" में अपना थोड़ा सा योगदान कर पाएँगे और जो भूल हम बरसों से करते आ रहे हैं उसे भी सुधार पायेंगें।" मिसेज कश्यप भी यह सुनकर शान्त हो जाती हैं।

"हाँ यही तो मैं आप सबको समझाना चाह रहा था।" राजू बड़े जोश से बोलता है।

"राजू ठीक है कल से तुम जैसा कह रहे हो वैसा ही होगा, मुझसे भूल हुई है फिर भी मैं तुमको अनाप-शनाप बोले जा रही थी, माफ करना मुझे" कहकर भीतर चली जातीं हैं....

अगले दिन से राजू को कुछ समझाना नहीं पड़ता सब दो डस्टबीन लाते और वह ख़ाली कर देता मुस्कुराते हुए!

आकाश से ऊपर

नीलिमा अपने घर में बैठी थी सोच में डूबी हुई, जैसे सारा किस्सा अभी हाल में ही हुआ हो। अपनी पीछे की जिन्दगी में जाती हुई सोचती है...

घर में काम करने वाली शांता बाई नें एक दिन अपनी बेटी (ममता) को काम करने के लिये भेजा। उसके बात करने का तरीक़ा इतना बेहतरीन था कि कोई नहीं कह सकता था कि वह पढ़ी–लिखी नहीं है। मेरा मन उससे बात करने का ज्यादा और काम कराने का बिल्कुल नहीं कर रहा था। मैंने उसे अपने पास बैठने का इशारा किया। वो हिचकिचाते हुए जमीन पर बैठने लगी। मैंने कहा, "यहाँ मेरे पास वाली सीट पर बैठो।"

नहीं मेमसाहब "हम यहीं पर ठीक हैं।"

"कोई बात नहीं मैं यह सब नहीं मानती तुम यहीं मेरे पास बैठो!" मैंने कहा–वह बड़े अदब से सीट पर बैठती है जैसे कोई बहुत पढ़ा–लिखा व्यक्ति बैठता है।

मैंने बड़े प्यार से सिर पर हाथ फेरते हुए उससे पूछा, "बेटी तुमने शिक्षा कहाँ तक ली है और कौन से विद्यालय से?"

"जी पाँचवी तक" उसने उत्तर दिया।

यह सुनकर मेरे मन में एकसाथ कई प्रश्न हिचकोले लेने लगे?

"आगे पढ़ाई क्यों नहीं की? फिर इतना शिष्टाचार कहाँ से आया?" मैंने हिम्मत करके उससे पूछ ही लिया।

उसने जो उत्तर दिया वह मेरे मन को अंदर तक झकझोर गया।

वह आप भी सुनिये...

"मेम मुझे यह काम बिल्कुल नहीं भाता, मुझे पढ़ना बहुत भाता है, एक घर में माँ झाड़ू–पोचा लगाती हैं। वे ट्यूशन पढ़ाती हैं। मैं भी माँ के साथ वहाँ बचपन से जाती हूँ और सुन–सुन कर इतना सीख गई हूँ।"

मेरी आँखें स्थिर हो जाती हैं, थोड़ी देर के लिए मैं स्टैच्यू बन जाती हूँ। थोड़ी देर बाद सामान्य होने पर मैंने मन ही मन निर्णय कर लिया कि अब तो इस बालिका के लिए कुछ करना पड़ेगा!

"क्या तुम 'आकाश से ऊपर' उड़ना चाहती हो?"

"हाँ मैम, मैं कुछ बड़ा करना चाहती हूँ" खिलखिलाती हुई

एक क्षण ठहरकर "पर! मेरी माँ"

"माँ से मैं बात कर लूँगी तुम चिन्ता मत करो।"

अगले दिन से उसको पूरे दिन के लिये मैंने अपने पास बुला लिया और बहुत सारी किताबें लाकर दीं। प्राइवेट फार्म भर दिया आगे की पढ़ाई का। मुझे पढ़ाने का काफी शौक है और समाज सेवा का भी। वो भी मेहनत से पढ़ाई करती गई और आगे बढ़ती गई... .

मुझे उसके घरवालों को समझाने में काफी जद्दोजहद का सामना करना पड़ा था। पर मेरा "दृढ़संकल्प" आख़िर काम आ ही गया था।

आज वो एक आई पी एस ऑफिसर है। मुझे अपनी माँ से बढ़कर मानती है। इतने में फोन बज जाता है और नीलिमा पिछली जिन्दगी से बाहर आती हुई सोचती है कि हमेशा हमें अपनी सोच आकाश से ऊपर रखनी चाहिए वह तभी पूरी होती है।

मुहिम

विद्यासागर जी पेशे से एक शिक्षक थे। अपने स्वतंत्र विचारों के कारण वे हमेशा सुर्ख़ियों में बने रहते थे। वे हमेशा बच्चों के भविष्य को लेकर बात करते हुए देखे जाते थे। सब उन्हें आध्यात्मिक गुरु के नाम से पुकारते थे।

उन्होंने शादी भी नहीं की थी क्योंकि उन्हें बंधन पसंद नहीं था। वे जब रिटायर हुए तब उन्होंने एक मुहिम छेड़ी, जिसके अंतर्गत देश का हर बच्चा पढ़ा–लिखा होना चाहिए। अब इस काम के लिए उन्होंने लोगों से सीधा संपर्क साधना शुरू कर दिया, कुछ ही हफ्तों बाद देखने में आता है कि कई युवाओं के हाथ सेवा करने के लिए आगे बढ़कर आ गए।

सबने मिलकर एक संघटन बनाया, जिसके अंतर्गत देश के हर क्षेत्र में से एक व्यक्ति को चुना गया, जो इस काम को अंजाम तक पहुँचा सके। सब अपना काम बखूबी निभाने में लग गए। यह सब देखकर विद्यासागर जी का मन बहुत प्रफुल्लित हो उठा यह सोचकर कि अब देश में कोई भी बच्चा शिक्षा से वंचित नहीं रहेगा, सबके जीवन को एक नई दिशा प्राप्त होगी।

एक दिन रोज की तरह वे अपनी कक्षा में पहुँचते हैं और सबको बैठने का इशारा करके खुद भी स्थान ग्रहण कर लेते हैं। उस दिन इतनी भयंकर ठंड पड़ रही थी, अच्छे–अच्छों की कंपकंपी छुटी जा रही थी, फिर भी पूरा कमरा बच्चों से खचा–खच भरा था। अचानक से उनकी नजर सामने बैठे एक बच्चे पर पड़ती है, जो सिर्फ एक पतली सी क़मीज में बैठा था। उन्होंने उसे अपनी ओर आने का इशारा किया।

"बच्चे क्या आपको ठंड नहीं लग रही?"

"हमें तो इसकी आदत है गुरू जी।"

बच्चे के चेहरे पर कोई रंजिश नहीं थी, न ही कोई ठंड का भाव, बस एक आत्मविश्वास का भाव था जो वह शिक्षा से प्राप्त करने आया था। यह सब देख विद्यासागर जी और तल्लीनता से अपनी मुहिम को और विस्तार देने के लिए आगे बढ़ जाते हैं।

भारतीय नारी

शांत धीर, गंभीर मुद्रा में निर्मला बहुत गहरी सोच में डूबी हुई सोफे पर बैठी थी...

बेटी जिज्ञासा का आगमन होता है "माँ बहुत गहरी सोच में डूबी हुई हो क्या हुआ?"

बेटी जिज्ञासा की आवाज पर सहमकर उठना और उसके सर पर प्यार भरा हाथ फेरना। पर चेहरे पर खामोशी के भाव का नामोनिशान बिल्कुल न लाना, यही ख़ासियत निर्मला को औरों से अलग करती थी।

"माँ आज किस सोच में डूबी थीं?" बेटी जिज्ञासा का फिर प्रश्न आता है...

"आज तुम्हारे पापा को बिस्तरे पर पड़े हुए पूरे पंद्रह साल हो गए हैं। न जाने ज़िंदगी मुझे जी रही है या मैं ज़िंदगी को? बस यही सोचने की कोशिश कर रही थी।" निर्मला भावपूर्ण होते हुए कहती है।

"कहाँ... हो?" लहराती आवाज का कानों में पड़ना।

"आ रही हूं... अब इतनी ताक़त...इस बूढ़े शरीर में भी नहीं बची है... जो एक आवाज पर दौड़ी चली आऊँ.." लड़खड़ाती आवाज और लड़खड़ाते पैरों से निर्मला आवाज की तरफ चल पड़ती है...

उस दिन माँ को देखकर जिज्ञासा की आँखें नम हो गई थीं, क्योंकि बूढ़ी हड्डियों में से 'कचर–कचर' की आवाज और कमर का झुकाव कुछ और ही बया कर रहा था। आवाज में भी अब तरंगों का अनुपात नीचे की ओर करवट ले चुका था। परंतु भारतीय नारी होने का भाव आज भी अपना मुख खोले वहीं खड़ा था। यह सब देख जिज्ञासा का मन ऊहापोह की स्थिति में पहुँच चुका था।

धोखेबाज

"नवीन अब हमें बड़ा घर ख़रीदना चाहिये, क्योंकि इसमें तो चलना भी दूभर हो रहा है।" नीरू चाय का कप देते हुए कहती है।

"क्यों? क्या हुआ? अभी तो सब ठीक चल रहा था फिर अचानक ऐसा क्यों कह रही हो? मेरे पास तो सिर्फ एक सरकारी नौकरी है, जिसमें काम चलाना पड़ता है। नहीं हम नहीं ले सकते।" नवीन सहजता से बोलते हैं

"बैंक से लोन ले लेते हैं, क्योंकि अब बेटा और बेटी को अलग–अलग कमरा जो देना है। मम्मी–पापा के कमरे में अब वो रहना नहीं चाहते हैं और वैसे भी पापा बिस्तरे पर ही आ गये हैं। उन्हें भी तो अलग कमरे की ज़रूरत है।" नीरू ने सलाह देते हुए अपनी बात रखी।

"ठीक है! चलो कल कुछ प्रापर्टी डीलरों को बोलता हूँ।" कहकर नवीन वहाँ से चला जाता है।

नीरू को तो नये घर का सपना भी आने लगा था। हाल ही में अपने बजट से बढ़कर उन्होंने एक मकान पर आख़िर अपनी मोहर लगा ही दी। दिल्ली जैसे बड़े शहर में मकान ख़रीदना कोई बच्चों का खेल नहीं है। यह हम सब जानते हैं। सब काम सही तरीके से हो गया। कागजों का काम भी पूरा हो गया।

एक दिन अचानक मकान विक्रेता का फोन आता है टिरन–टिरन "हम आपके साथ आगे डील नहीं कर सकते!"

नवीन बड़े आश्चर्य से पूछता है "क्या मैं पूछ सकता हूँ कि आखिर क्या वजह रही होगी?"

"आपका एक लाख का चैक बाउंस हो गया है! आप धोखेबाज हैं।" मकान विक्रेता तेजी से बोलता है।

"मैंने तो बीस लाख और दिया है! हम नहीं आप धोखेबाज हैं! हमें भी आपके साथ सौदा नहीं करना।" नवीन गुस्से में तुरंत सब कागज फाड़ देता है।

"चलो अच्छा हुआ, पहले ही पता चल गया कि वे लोग कितने लालची थे। बाद में पता नहीं कितना धोखा मिलता।" दोनों फिर नये सिरे से मकान ढूँढने में लग जाते हैं।

ऋतु परिवर्तन

कई दिनों से स्कूल में सफाई जोरों पर चल रही थी, मानों धरातल पर स्वर्ग उतर आया हो ऐसा प्रतीत हो रहा था। सांस्कृतिक कार्यक्रम की तैयारी भी पूरी हो गई थी। चीफ मिनिस्टर साहब ने भी न्यौता स्वीकार कर लिया था। आखिर ज्ञान की देवी सरस्वती माँ को जो मनाना था। कहते हैं कि माँ सरस्वती जिनकी जिह्वा पर बैठ जाती है, उन्हें कभी किसी प्रकार की कमी नहीं होती। वह व्यक्ति सर्वगुण सम्पन्न माना जाता है।

सुबह आठ बजे से कार्यक्रम खुले मैदान में होना निश्चित हुआ था। सब कुछ समय पर हो रहा था। मंत्री जी भी समय पर पहुँच गए और माँ के आगे दीप प्रज्वलित करने के लिए आगे बढ़े ही थे कि इंद्र देवता क्रुद्ध हो गए, लगे बरसने, धूप होने पर भी।

बिन मौसम बरसात देख सब कहते नजर आए, काश...! हमने प्रकृति के साथ छेड़छाड़ न की होती तो आज यह दिन न देखना पड़ता। वहाँ पर कार्यक्रम के बजाय अफरातफरी वाला माहौल हो गया था।

अमीरी-गरीबी

अमीरी-गरीबी दो मौसेरी बहनें, परंतु दोनों बिल्कुल विपरीत। एक के हालात बहुत बेहतर तो एक के हालात बद् से भी बद्तर। दोनों फिर भी कंधे से कंधा मिलाकर चलती रहतीं, क्योंकि वे दोनों जानती थीं कि एक के बिना दूसरी का वजूद ही कुछ नहीं था।

एक दिन अमीरी ने गरीबी से कहा "मैं तुमको तुम्हारी इस हालत से बाहर निकाल सकती हूँ पर... जैसा मैं कहूँ वैसा करना होगा तुम्हें।"

गरीबी ने हाँ में सर हिला दिया और वैसा ही करने लगी।

अमीरी कहती 'बैठ जा'

तो गरीबी बैठ जाती।

अमीरी कहती 'खड़ी हो जा'

तो गरीबी खड़ी हो जाती।

इस प्रकार साल पे साल निकलते गए, परंतु गरीबी कभी अमीर न बन पाई, बल्कि गुलाम बनकर ज़रूर रह गई।

एक दिन जब उसकी जान पर बन आई, तब वह बगावत पर उतर आई और सब-कुछ छोड़ अपने गाँव वापस चल दी... यह सोचते हुए कि दो जून की रोटी किसी की चाकरी से ज्यादा सुकून भरी होती है।

एक दिया भारत के नाम का

एक अधेड़ उम्र की महिला लगभग 90 वर्ष के आसपास। सुनाई, दिखाई भी ठीक से नहीं देता था। छड़ी के सहारे से रोज मंदिर तक आती, दीपक जलाती, और घंटों तक वहीं बैठी रहती। मन ही मन कुछ बुदबुदाती, जब दीपक बुझ जाता तब कहीं जाकर वह घर के लिए निकलती।

यह सब एक महीने से निरंतर मंदिर आ रही भावना देख रही थी। उसकी उत्सुकता बढ़ती जा रही थी कि यह महिला आख़िर ऐसा रोज करती क्यों हैं? आखिर इसके पीछे माजरा क्या है? इसी उधेड़–बुन में उसका पूजा करने में भी मन नहीं लगता था।

एक दिन मंदिर के पुजारी जी से उसने पूछ ही लिया "ये माँजी रोज ऐसा क्यों करतीं हैं?"

पुजारी जी बोले "ये तो जिस दिन से हमें आजादी मिली है 15 अगस्त सन् 1947 से रोज इसी प्रकार आती हैं, दिया जलाती हैं और भारत की सलामती की प्रार्थना भी करती हैं।"

भावना उत्सुकतावश पूछती है! "पर ये ऐसा करती क्यों हैं?"

पुजारी जी कहते हैं, "इनके पति एक स्वतंत्रता सेनानी थे, भारत को आजादी दिलाने में उनकी बहुत बड़ी भूमिका रही, अपने देश की ख़ातिर लड़ते–लड़ते शहीद हो गए थे।"

इनका इसी में विश्वास है कि अगर सब भारतवासी रोज एक दिया प्रज्वलित करें और साथ में प्रार्थना भी करें तो भारत की तरफ कोई आँख उठाकर भी नहीं देख पाएगा। सुखदेव, भगतसिंह, राजगुरू और उनके पति जैसे अनगिनत स्वतंत्रता सेनानियों का बलिदान व्यर्थ नहीं जाएगा।

"सही बात है जब हम अपने घर की सलामती के लिए रोज दिया जलाते हैं, तो जिस धरती पर हमने जन्म लिया है, उसकी सलामती की ख़ातिर, एक दिया जलाना तो प्रत्येक व्यक्ति का कर्तव्य बनता है।" भावना की समझ में आ गया था और वह भी रोज उनका साथ देने मंदिर आने लगी।

मानव बना बोर्ड

ठिठुरन भरी सुबह, एक दुकान के सामने, गले में फंदा लटकाए एक वृद्ध व्यक्ति, फंदे में बंधा एक बोर्ड, जिस पर लिखा था– "विंटर सेल–सेल–सेल सिर्फ दो दिन बाकि, पहले आओ–पहले पाओ, फिर मत कहना हमने सस्ता दिया नहीं।"

यह सब एक दुकान के आगे खड़े एक मानव की उपस्थिति और दुकानदार की मानसिकता को दर्शा रही थी। जिसको देखने के बाद सीमा का मन विचलित हो जाता है, वह वहाँ से गुजर रही थी। सीधे दुकानदार के पास पहुँचती है और सवालों की बरसात शुरू कर देती है, परंतु सामने से कोई जवाब नहीं आ रहा था।

थोड़ी देर शांत रहने के बाद एक आवाज "मेम को पानी दो।"

"पानी नहीं जवाब चाहिए।" सीमा बोलती है

"दीदी हमने मना किया फिर भी यह नहीं माना, रोज बाहर खड़ा हो जाता है, जबकि यह काम सिर्फ बोर्ड लगाने मात्र से भी हो सकता है।" दुकानदार बोलता है–

बाबा आप ऐसा क्यों कर रहे हैं? विनम्रतापूर्वक सीमा ने बाहर खड़े व्यक्ति से प्रश्न किया।

"मेरे पेट पर लात मत मारिए मेमसाहब...! पेट की भूख इंसान से वह कार्य भी कराती है जिसका कोई जवाब उसके पास नहीं होता।" हाथ जोड़ वह व्यक्ति सीमा के सामने गिड़गिड़ाने लगता है।

सीमा चुप्पी साध लेती है और मन में चल रहे कौतुहल को समझाने में लग जाती है। वह एक सवाल अपनेआप से पूछती है, क्या यह मेरा वही प्यारा भारतवर्ष है जहाँ भूखे पेट की ख़ातिर एक व्यक्ति बोर्ड बना खड़ा है?

पैसे की खनक

भूपेन्द्र का दवाई बनाने का कारख़ाना था। वह पैसे कमाने के लिये कुछ भी कर सकता था, फिर चाहे वह गलत रास्ते से ही क्यों न हो? उसकी पत्नी, नीना अक्सर उसे समझाया करती थी कि बच्चे बड़े हो गए हैं सब समझते हैं पर वह नहीं मानता था। सब ठीक चल रहा था, जीवन की गाड़ी पटरी पर बहुत तेजी से दौड़ रही थी। भगवान की कृपा से दो प्यारे–प्यारे बच्चे थे, एक बेटा और एक बेटी।

बच्चों को पढ़ने के लिए उसने बाहर भेज दिया था जिससे वे और ज्यादा जानकारी हासिल करके आएँ। ज्यादा से ज्यादा पैसा कमाया जा सके और अपने आने वाले दिनों को बेहतर बनाया जा सके।

दोनों बच्चों के वापस आने के बाद भूपेन्द्र ने उनको कारख़ाना सौंप दिया और स्वयं अवकाश ले लिया। अपनी पत्नी नीना के साथ शेष जीवन गुजारने की सोची क्योंकि पहले वह काम की वजह से समय नहीं दे पाता था। खूब अच्छे से दोनों बच्चों ने कारोबार संभाल लिया। पर आज बच्चों को तो रातों–रात बड़ा बनना होता है और ज्यादा का चक्कर अक्सर अपने रास्ते से भटका देता है, वही उन दोनों के साथ भी हुआ।

अचानक से पैसा ही पैसा आने लगा। भूपेन्द्र जी को लगा दोनों बच्चे अच्छा कर रहे हैं क्योंकि बाहर से पढ़कर आए हैं। इसलिए ऐसा हो रहा है।

एक दिन नीना की तबीयत बिगड़ जाती है, भूपेन्द्र उसे अपने कारख़ाने की दवाई दे देते हैं। दवाई खाने के बाद तो हालत और बिगड़ने लगती है। उसे तुरंत अस्पताल में भर्ती कराना पड़ता है और थोड़ी देर बाद मृत घोषित कर दिया जाता है। पता चलता है कि नकली दवाई पेट में जाने की वजह से ऐसा हुआ है।

भूपेन्द्र का माथा ठनका, वह अपने कारख़ाने में दौड़कर जाता है। वहाँ जो कुछ वह देखता है वो उसको हजम नहीं हो पा रहा था पैसे की खनक उसके कानों को अंदर तक चीर रही थी और कई आँखें सवाल पूछ रहीं थीं।

आज जो उसके साथ हुआ वह उसका ही करा–धरा था। नीना की आवाज उसके कानों में लगातार दस्तक दे रही थी कि जब "पेड़ बबूल का बोओगे तो आम थोड़े ही ना पाओगे?"

किसका क़सूर

जब से बेटे का जन्म हुआ तब से निखिल के स्वभाव में तेजी से बदलाव हो रहा था। बात–बात पर मीनू के ऊपर गुस्सा करता। पहले तो मीनू ने सोचा कि शायद मैं समय कम दे पा रही हूँ इस कारण निखिल गुस्से में रहते हैं, पर ऐसा नहीं था। ऐसे लड़ते–झगड़ते चार साल बीत गए। बेटे ने भी स्कूल जाना आरम्भ कर दिया।

एक दिन शाम की चाय पीते–पीते उसने निखिल से अपनी नौकरी को फिर से शुरू करने की बात कही। वह तो ऐसे शोर मचाने लगा जैसे भूकंप आ गया हो। यह देख मीनू पहले तो घबरा गई फिर उसने हालात सामान्य होते देख फिर अपना प्रस्ताव उसके सामने रख दिया क्योंकि नौकरी की समय सीमा निकलती जा रही थी। दोनों में पहले ही तय हो गया था कि बेटे के स्कूल जाते ही वह नौकरी ज्वाइन कर लेगी। निखिल अब तोड़–फोड़ पर उतर आया था। मीनू ने समझाने की बहुत कोशिश की परंतु निखिल का तो अब हाथ भी उठने लग गया था।

बस फिर क्या था? अब तो दोनों तरफ से शोर की बौछारें हो रहीं थीं। बात तलाक़ तक पहुँच गई। बच्चा बेचारा बीच में पिस रहा था क्योंकि तलाक़ के बाद उसका बँटवारा होना निश्चित था।

इस कथा में बच्चे का क़सूर सिर्फ इतना ही था कि उसने आज के खुले विचारोंवाले वातावरण में सांस ली जो उसके लिए एक अभिशाप प्रमाणित हो गया।

कौन जिम्मेदार?

कोरोना वायरस से संक्रमित लोगों की संख्या दिन-प्रतिदिन बढ़ती जा रही थी। यह देख रमेश की माता जी बहुत घबराई हुई थीं। सारे एहतियात बरत रहीं थीं। घर में ६ सदस्य थे। सभी अपने-अपने काम में व्यस्त रहते थे। अब इस बीमारी के चलते सब उनके पास घर से ही काम कर रहे थे। इसलिए उनको अब अकेलापन महसूस नहीं हो रहा था। बस... बड़ा बेटा जो केंद्रीय कर्मचारी था उसको रोज जाना होता था।

उनकी चिंता का सबसे बड़ा कारण यह भी था कि बड़े बेटे को डायबिटीज जैसी घातक बीमारी थी। वे रोज ऐसी खबरों से वाकिफ थीं कि डायबिटीज वाले मरीजों को कोरोना जल्द अपनी चपेट में ले लेता है। बेटे को समझातीं तुम भी घर से काम किया करो। पर वह माँ को समझा देता कि माँ हमको छुट्टी नहीं मिल रही है।

घर में सभी अपने-अपने तरीके से रमेश को समझा रहे थे। वह अब गुस्से में आगबबूला हुआ जा रहा था। माँ ने देखा कि वह नहीं मानने वाला, तब उन्होंने उससे एक प्रश्न किया? 'अगर भूले-भटके यह वायरस तुमको पकड़ ले तो हमारे द्वारा लिए गए सारे एहतियात बेकार हो जाएँगे। हम सब भी इसकी चपेट में आ जाएँगे। इसका जिम्मेदार तुम होंगे या सरकार?'

इतना सुनकर वह मौन हो गया और सोचने लगा कि बात तो माँ पते की कह रही हैं। पर सरकार को कैसे समझाऊँ?

जीवंत प्राणी

स्वतंत्र विचारों वाली मासूम सी ख्वाहिश, जो अभी-अभी बाल्यावस्था से किशोरावस्था में पहुँची थी। एक दिन जैसे ही बिल्ली घर लेकर आती है। माँ उसे आड़े हाथों लेती हैं।

"बिल्ली घर में नहीं पालते"

"पर... क्यों माँ?"

"पुराने जमाने से यही कहते आ रहे हैं कि कुत्ता वफादार होता है बिल्ली नहीं।"

"किसी ने बिल्ली पालकर देखा है कभी? महज अंधविश्वास...!"

"फालतू बहस न कर, इसे जहाँ से लाई है वहीं छोड़ आ।"

"नहीं मैं इस अंधविश्वास के चक्कर में नहीं फँसती। इस नन्हीं सी जान को देखो माँ, इसका कसूर बस इतना है कि यह एक बिल्ली है। इसमें भी तो प्राण बसते हैं, इसके भी तो पेट लगा है, फिर इतना वैर-भाव क्यों?

इतना कह रीमा अपनी प्यारी बिल्ली को गोद में उठा बहुत प्यार करती है। यह भी तो भगवान की बनाई जीवंत प्राणी है आखिर...!

माँ के पास अब उसकी बात काटने हेतु शब्द नहीं थे।

अपने अपने दायरे

ऑफिस से घर आते ही, जैसे घर पर पाँव रक्खा, मोबाईल की घंटी बजनी शुरू "टिरन टिरन" रोज ऐसे ही होता था। न खाने का कुछ समय, न चाय का, न ही किसी और काम का। बस या तो मोबाईल की घंटी बज जाती या वाट्सअप, फेसबुक का खेल जारी रहता।

नीरा जो पूरे दिन घर पर रहती। अब तंग आ चुकी थी अनुज के इस रवैये से। कोई समय ऐसा नहीं था, जब मोबाईल अनुज के हाथ में ना रहता हो। उसने भी कुछ दिन मोबाईल का खेल खेला। परंतु जिम्मेदारियों से अपनेआप को घिरा हुआ पाया।

एक दिन तो हद ही हो गई, जब बेटी के लिये किसी इंस्टीट्यूट में एडमिशन कराना था। तब भी वह अपने काम में व्यस्त था। नीरा से आज चुप नहीं रहा गया। उसने पूछ ही लिया "आपसे बात किस समय करूँ? हर समय आप मोबाईल में ही लगे रहते हो, या अपने काम में व्यस्त।"

बस फिर क्या था? अनुज ने सुनाना शुरू कर दिया। या तो वह चुप रहता था, या फिर मार–पीट पर उतर आता और साथ– साथ उसके माता–पिता को भी उल्टा–सीधा बोलने लगता था। आज भी ऐसे ही हुआ। परंतु आज वह चुप न रही। क्योंकि बच्चे बड़े हो रहे थे और उनके आगे इस तरह रोज–रोज की किट–किट उसको अच्छी नहीं लग रही थी और ऊपर से माँ–बाप के लिये गलत शब्द।

अब वह निर्णय ले चुकी थी। उसने अनुज से सीधे–सीधे कह दिया कि "अब हमें अपने–अपने दायरे में ही रहना पड़ेगा। आपका और मेरा संबंध सिर्फ दिखावा मात्र रह गया है बाकि सब ख़त्म! बोलचाल बंद?"

अनुज अपनी मूर्खता पर चाँटे मारता हुआ नीरा के सामने बैठ गया था।

आघात

"माँ मैं कल से स्कूल नहीं जाऊँगा।" स्कूल से आते ही मानू बस्ता रखते हुए कहता है।

"क्यों?" माँ ने प्यार से सर पर हाथ फेरते हुए पूछा?

मानू बिना कुछ कहे चुपचाप अपने कमरे में चला जाता है। माँ भी पीछे–पीछे जाती है पर! माँ को अंदर लिए बगैर ही वह दरवाजा तेजी से बंद कर देता है। माँ बहुत देर तक दरवाजा खटखटाती रहती है, पर! वह नहीं खोलता। अब तो माँ का हृदय बहुत जोर–जोर से धड़कने लगता है। फिर वह अपनी क़सम देती है, तब कहीं जाकर दरवाजा खुलता है। मानू माँ से पीठ करके लेट जाता है।

माँ जल्दी से अंदर प्रवेश करती है और बेटे का सर अपनी गोदी में रखती है। धीरे–धीरे बालों में हाथ फेरते हुए वह उससे इधर–उधर की बातें करने लगती है। धीरे–धीरे मानू अब पूरा माँ की गोदी में सिमटता जा रहा था, उसको देखकर लग रहा था, जैसे कोई गहरी बात है, जो वह माँ से पूछना चाहता है।

अचानक से मानू बैठ जाता है और प्रश्न करता है? "माँ! पापा कहाँ हैं? जब से मैं पैदा हुआ हूँ उनको एक बार भी नहीं देखा।"

माँ के चेहरे पर, उस समय चिंताओं की लकीरें खिंच जाती हैं।

"माँ आप मौन क्यों हैं? बताइये ना!" फिर वही सवाल मानू की जुबा पर।

"क्या बताऊँ?" कह! माँ की आँखें स्थिर हो जाती हैं...

"सब मुझे चिढ़ाते हैं कि तू बिन ब्याही माँ की औलाद है।" मानू रोकर कहता है।

"हाँ सही तो कह रहे हैं सब, यह एक तेरी माँ की बहुत बड़ी भूल थी और यह समझ कि तेरा बाप नहीं है इस दुनिया में। सिर्फ तेरी माँ है।" कहकर माँ बहुत तेज चिल्लाती है.....

"फिर यह बात आपने मुझे पहले क्यों नहीं बताई?" मानू

"मैंने सोचा था कि बड़ा होने पर सच्चाई से अवगत कराऊँगी। मुझे पता ही नहीं चला कि तुम कब बड़े हो गए?" माँ बेटे के सिर पर हाथ फेरते हुए कहती है।

यह सुनकर मानू अपनी जगह से तुरंत खड़ा होता है और माँ का सिंदूर अपने हाथों से पोंछ देता है। माँ का हाथ अपने हाथ में लेकर माँ के कलेजे से लग जाता है। दोनों उस दिन खूब रोते हैं जैसे–वाकई घर में किसी की मृत्यु हो गई हो।

मुझे पवित्र रहने दो

मैं नदी हूँ। मैं पर्वतों के राजा हिमालय और प्रकृति की पुत्री हूँ। पापा की गोद और माँ का आँचल काफी भाता है मुझे। मुझे कई नामों से पुकारा जाता है, जैसे– गंगा, यमुना, मंदाकिनी आदि। माँ–पापा की गोद भला कौन छोड़ना चाहता है? पर! मेरा जन्म ही लोगों की भलाई के लिए हुआ है, इसलिए ही तो अपना बोरिया–बिस्तरा लेकर मैं निकल पड़ी घर से।

'जल ही जीवन है' शब्द को कृतार्थ करने, मैं रोज कल–कल करके बहती रहती हूँ ताकि सबके जीवन में जल की आपूर्ति पूरी कर सकूँ। किसान की फसलें, लहलहाते खेत, बिजली बनाना, और न जाने कितने काम मुझ पर ही निर्भर हैं। मेरे लिए न दिन होता है और न रात बस चलते रहना ही मेरा रोज का काम है।

पहले मैं बहुत खुशी से अपनी रफ्तार लेकर बहती थी, परंतु अब मुझे साँस लेने में भी तकलीफ होने लगी है। क्योंकि अब कारख़ानों से निकलने वाला कूड़ा–कचरा, पूजा के फूल, खंडित मूर्तियाँ और भिन्न–भिन्न तरीके की गंदगी लोग मेरे अंदर समाहित कर देते हैं। जिससे मैं निरंतर प्रदूषित होती जा रही हूँ। इसका असर आप सभी देख रहे हैं, कहीं पर बाढ़ के रूप में तो कहीं सूखे के रूप में।

अगर यही हाल रहा तो वह समय दूर नहीं! जब मैं दुनियाँ से बोझिल हो जाऊँगी और सिर्फ किताबों में भी नहीं मोबाईल में ही सिमटकर रह जाऊँगी। इसलिए मैं हाथ जोड़कर आप सभी से विनती करती हूँ कि मेरी पहचान मिटाओ नहीं। मैं नदी हूँ, मुझे नदी ही रहने दो सूखा गंदा सरोवर न बनने दो, मुझे खुशी–खुशी सागर में मिलने का मौका दो।

जय हिंद जय भारत

फिजूल खर्ची

गाँव में सफाई का काम जोरों पर चल रहा था। पिछले एक महीने से प्रचार जो इतना हो रहा था और हो भी क्यों नहीं? आख़िर प्रचार का जमाना जो है आजकल। फिर भला मंत्री जी कैसे पीछे रह जाते?

पूरे गाँव को दुल्हन की तरह सजाया जाता है। लगता है जैसे किसी बहुत बड़े आदमी के यहाँ शादी हो रही हो! जगह-जगह पेड़ लगाये जाते हैं, सफेद चूने को सड़क के दोनों ओर पट्टी की तरह बिछाया जाता है, फूलों की सुगंध से सारा वातावरण सुगन्धित हो चला था। गाजे-बाजे वालों को भी बुलाया जाता है और बहुत कुछ किया जाता है, जिससे गाँव का नक़्शा ही बदल गया था।

उसी गाँव का युवक श्याम, जिसकी उम्र तकरीबन 20 की होगी, यह सब देख रहा था। जिसके दोनों हाथ कारख़ाने में काम करते हुए कट गये थे और घर का एकमात्र सहारा होने की वजह से, चैन से बैठ भी नहीं पा रहा था। दिमाग से काफी तेज था। इसलिये अपने दिमाग से जितना बन पड़ता कमा लेता था। परंतु भीख नहीं माँगता था। घर के हालात बेकार हो चले थे।

मंत्री जी का आगमन होता है और गाजे-बाजे से स्वागत भी किया जाता है। गले में ढेर सारी फूलों की मालायें पहनाई जाती हैं। बाद में वे चीख़-चीख़ कर भाषण भी देने लगते हैं। तालियाँ बजाई जाती हैं, सब कुछ ठीक-ठाक चल रहा था।

तभी भीड़ में से वह युवक निकल कर आता है। मंत्री जी से यकायक सवाल पूछ बैठता है,

"क्या यह सब बिना पैसा खर्च करे नहीं हो सकता था?"

मंत्री जी एकदम शांत हो जाते हैं! लग रहा था मानों मुँह सिल गया हो! एक मूकदर्शक की तरह उसे देखने लग जाते हैं।

आज़ादी

प्राकृतिक सौंदर्य से भरपूर पर्वतीय स्थल आँखों को तो सुकून देते ही हैं, इसके विपरीत मन में भी एक नई उमंग पैदा कर देते हैं। परंतु अगर इस पर किसी की बुरी नजर पड़ जाए, तो सुंदरता में मानों दाग लग गया हो ऐसा प्रतीत होता है।

शहर कई दिनों से बेड़ियों में जकड़ा हुआ था। आज बड़े जतन के बाद आजाद हुआ था। इस सुंदर पल को प्रत्येक व्यक्ति अपने आगोश में भरना चाहता था। एक नन्हीं परी भी अपने पर फैलाने के लिए दौड़ी जा रही थी। रास्ते में उसे एक बगीचा मिला, जिसमें पीले–पीले फूल उसे अपनी ओर आकर्षित कर रहे थे। उसने फूलों से पूछा "तुम इतने क्यों इतरा रहे हो?"

फूल बोले "हमें आज कई सालों बाद खुली हवा में साँस लेने का मौका मिला है।"

परी कुछ देर उनके साथ बिताकर आगे टेढ़ी–मेढ़ी मिट्टी की सड़कों पर आगे बढ़ जाती है। रास्ते में उसे एक बहुत पुराना सा घर दिखता है। वह अंदर जाती है, वहाँ उसे एक बूढ़ी औरत खाना बनाते हुए मिलती है। वह उनसे पूछती है? "माँजी आप यहाँ अकेले, डर नहीं लगता?"

फिर वही जवाब "आजादी के बाद डर कैसा?"

खाना खाकर वह फिर आगे बढ़ जाती है। थोड़ी दूर पर एक बहता हुआ झरना मिलता है। वह उससे पूछती है? "तुम इतनी जोर से आवाज करते हुए क्यों बह रहे हो?"

"आवाज करूँगा तभी तो सब मेरे पास आएँगे।" झरने ने भी अपनी व्यथा सुना दी।

थोड़ी देर वहाँ ठहरकर! वह फिर आगे बढ़ चली। अब उसे एक बड़ी झील दिखाई दी, जिसमें नाव पर्यटकों की इंतजार में कई सालों से स्तब्ध खड़ीं थीं। वह बिन डोर के उसकी तरफ खिंचीं आ रही थी। बस फिर क्या था? वह भी डोर से बँधकर झील की तरफ खिंची जा पहुँची। किनारे पर उसने अपने बूट उतारे, जो उसे एक अजीब सी कैद का अनुभव करा रहे थे, प्राकृतिक सौंदर्य का स्पर्श कराने में भी रुकावटें डाल रहे थे। उसने पैरों से पूछा "तुम आजाद होने के लिए इतने आतुर क्यों हो?"

फिर वही जवाब "आजादी भला किसको अच्छी नहीं लगती?"

इतना सुनकर वह प्रकृति में खोकर आज को जीना चाहती थी, उसने भी आजादी पर अपनी दस्तक लगा दी थी।

जनसंख्या

एक ऐसा देश जहाँ की जनसंख्या निरंतर बढ़ती जा रही थी। राजा बड़ा परेशान! बेरोजगार युवकों को रोजगार देने के लिए रोज नई नीति लागू करता, परंतु समस्या ज्यों की त्यों ही खड़ी रहती।

उसने कई नियम बनाए, कई योजनाएँ लागू की और लड़कियों को पढ़ाने हेतु कुछ रक़म भी दी जाने लगी। परंतु समस्या अपना मुँह खोले वहीं खड़ी रही। बेरोजगार युवक हाथ फैलाकर राजा से रोजगार माँगते, राजा का वही पुराना राग... हम इस पर निरंतर काम कर रहे हैं और आगे भी करते रहेंगे?

चारों ओर चोरी चकारी निरंतर बढ़ती जा रही थी क्योंकि पापी पेट का सवाल जो ठहरा! घर में कमाने वाला एक और खाने वाले अनेक। निरंतर बढ़ती हुई मंहगाई ने तो जैसे हाथ ही काट दिये हों मध्यम वर्ग के ऐसा ज्यादातर घरों में देखने को मिला।

एक दिन ऐसा आया जब राजा ने प्रजा से कहा कि मैं राज्य सही तरीके से चलाने में असमर्थ रहा, अब जिसका परिवार सबसे बड़ा हो वह आगे आये और राज्य में रोजगार के अवसर बेरोजगारों को दे। पूरे राज्य में ढिंढोरा पिटवा दिया गया।

अगले दिन कई बड़े परिवार वहाँ पहुँच गये। मंत्री जी ने कुछ सामान्य प्रश्न पूछे? परंतु यह क्या! सब उत्तर देने में असमर्थ पाए गये। अब क्या करें? तब यही निष्कर्ष निकलकर आया कि राजा जितना ज्ञानी कोई नहीं। अब सब राजा की बात मानने लगे।

"पहले करो पढ़ाई फिर बढ़ाओ परिवार वो भी एक या दो और दो अपना सहयोग देश को आगे बढ़ाने में।" राजा ने सबको आदेश दे दिया।

आभास

शाम का समय था, घर में सब बैठे हुए थे। अचानक माँ को कुछ होने लगा। कभी इधर तो कभी उधर घूमने लगीं। सब उनकी ओर देखने लगे। पापा ने धीरे से आकर पूछा। सब कुछ सही तो है। उनकी मज़ाक करने की आदत थी सो बाज नहीं आये और कहने लगे। काहे इतना परेशान हो... और भी कुछ-कुछ बोले जा रहे थे।

जब बहुत देर हो गई तो मम्मी झुंझलाती हुई बोली। आपको तो बस मजाक की ही लगी रहती है कभी तो सीरियस हो जाया करो। पापा उनके पास आकर बैठे और बड़ा दुखी सा मुँह बनाकर बोले। अच्छा अब बोलो क्या बात है, जो हमारी रानी परेशान है। माँ के चेहरे पर थोड़ी मुस्कुराहट आई और बोलीं आज मन कुछ बेचैन है, पता नहीं कुछ ठीक नहीं लग रहा है।

बस इतना कहना था, कि फोन की घंटी बजती है। पापा ने फोन उठाया और चुपचाप सोफे पर बैठ गये। माँ तुरंत उनके पास गईं और पूछने लगीं क्या हुआ आपको। बताओ ना... पापा बस मम्मी को देखे जा रहे थे! अब बताओ भी पहेली क्यों बन रहे हो?

चप्पल पहनो और चलो मेरे साथ। बताओ तो सही कहाँ चलूँ! चलो भी अभी पता लग जायेगा दरवाजा खोला तो...... बेटा दुर्घटनाग्रस्त खड़ा है।

माँ को पहले ही किसी अनहोनी का आभास हो जाता है। क्योंकि माँ–माँ होती है...

आत्ममंथन

चार दोस्त मोहन, करम, सलिल और निखिल सरकारी विभाग में कार्यरत थे। इतने पैसों से घर चलाना ऐसा प्रतीत हो रहा था जैसे किसान खेत में हल चलाता है यह सोचकर कि कुछ तो कर रहा हूँ। चारों इसी कारण कुंठित रहते।

एक दिन करम ने अपने तीनों दोस्तों के सामने इससे निकलने का एक रास्ता सुझाया। सबको बात समझ में आते ही चारों ने इसमें पहला कदम रखा।

सबने बराबर–बराबर मात्रा में पैसा एक जगह एकत्र किया। दूसरा क़दम उठाते हुए व्यापार करने का निश्चय किया। तीसरा क़दम उठाते हुए सबमें बहस छिड़ चुकी थी क्योंकि सबकी रजामंदी एक व्यापार पर ठहर जो नहीं पा रही थी। काफ़ी बहस होने के पश्चात आखिर एक राय बन ही गई और उस पर कार्य आरम्भ हो गया।

कुछ समय सब सही चला परंतु कुछ समय पश्चात मोहन, सलिल और निखिल ने अपनी सहमति वापस लेने की बात कही। साथ में अपना पैसा भी वापस लेने की बात रखी।

"इस काम में ज्यादा समय देना होता है और पैसे की भी कोई गारंटी नहीं कि कब तक प्राप्त होगा... इससे तो अच्छा अपनी सरकारी नौकरी ही है। कम से कम बंधे–बंधाए पैसे तो आते हैं।" तीनों दोस्तों ने एक साथ रजामंद होते हुए अपनी बात करम के समक्ष प्रस्तुत की।

उन तीनों की बात सुन करम विचलित हो गया। उसका मन जो ऊँचाइयों के सपने संजोए हुए था, एक पल में तार–तार हो गया था, व्यथित हो चला था। जो तारतम्य उसने इतने समय में सभी के बीच स्थापित किया था, वह त्रिण–त्रिण चकनाचूर हो चला था। उसके मन में अनेकों विचारों ने बवंडर मचा दिया था। उसको महसूस हो रहा था जैसे कि वह समुद्र के बीच पहुँच गया है और वहाँ भँवर में फँस गया है। वह समझ नहीं पा रहा था कि यह आने वाला तूफान है या आ चुका है। अंदर–बाहर से उस तूफान ने उसको अपने बंधन में जकड़ लिया था।

उस समय उसका मन कह रहा था कि इसी वक्त तीनों से दोस्ती तोड़ दे और सब कुछ छोड़ कहीं दूर चला जाये। मन में उद्वेग के भाव जागृत हो चले थे।

परंतु उसने अपने आप को संभाला, ठंडी साँस ली और सबसे पहले अपने भीतर चल रहे तूफान को शांति पाठ करते हुए शांत किया। फिर ठंडे दिमाग से सोचा कि क्या ये सब ठीक कर रहे हैं?

मन के भीतर से आवाज आई "नहीं! पर तू कायर नहीं, तू बहादुर है,

तुझमें काम करने की इच्छा है, आगे बढ़ पीछे मत देख, एक न एक दिन सब अच्छा होगा!"

उसने मन की आवाज को महत्व देते हुए तीनों के समक्ष समय की मांग रखी। सबने स्वीकार में सिर हिला दिया और फिर अपने सरकारी काम में ही लिप्त रह जीवनयापन करने का निश्चय लिया। परंतु करम ने हार नहीं मानी और अपने कार्य को अंजाम तक पहुँचा, एक दिन बड़ी ऊँचाइयों को छूने की अपनी चाहत पूरी की।

तीनों दोस्त उसको उठता देख फिर उसके पास पहुँच गए और उससे कहने लगे "काश...! हम उस समय पीछे न हटते तो आज..."

बात बीच में काटते हुए करम ने उन तीनों का शुक्रिया अदा किया "अगर उस समय तुम मेरी मदद नहीं करते तो शायद मैं इन ऊँचाइयों को कभी नहीं छू पाता।"

तीनों की गर्दन शर्म से झुक गईं और भीतर एक तूफान ने जगह बना ली थी।

घोंसला

एक दिन जब गौरैया दाना चुगकर लाई तो देखती है कि उसके घोंसले वाला पेड़ गायब है, हाय...! मेरे बच्चे, चुन्नु–मुन्नु कहाँ हो तुम? व्याकुल होकर इधर–उधर चारों ओर देखती है पर... कुछ नजर नहीं आता। वह बहुत विलाप करती है, सब पक्षी उसको सांत्वना देने के लिये इकट्ठे हो जाते हैं। कहते हैं बस अब और नहीं सहेंगें।

वे सब मिलकर पर्यावरण न्यायालय का दरवाजा खटखटाते हैं और न्याय की भीख माँगते हैं! जज साहिबा अपना न्याय सुनाती हैं कि हत्या एक जघन्य अपराध है और इसकी सजा उनको ज़रूर मिलेगी। थोड़ा समय दो।

तुरंत नेताओं की आकस्मिक बैठक बुलाई जाती है... जिसमें हवा, पानी, अग्नि, अंबर और पृथ्वी शामिल होते हैं। सारा केस जज साहिबा के सामने रक्खा जाता है, बहुत देर तक बहस होती रहती है। सब अपना–अपना पक्ष रखते हैं। सबसे ज्यादा चोट पृथ्वी को ही लगेगी ऐसा सबका मानना था। सबके भले के लिये वह चोट खाने को भी तैयार हो जाती है।

अंत में निर्णय निकलता है कि हवा तूफान के रूप में आये, पानी सुनामी के रूप में, अग्नि भीषण गर्मी के रूप में, अंबर तेज बारिश के रूप में और पृथ्वी ग्रास के रूप में सब मनुष्यों को अपने अंदर समा ले। जैसे ही मानव की समझ में आ जाये कि यह सब क्यों हो रहा है? बस वहीं पर रुक जाना।

गौरैया को न्याय मिल जाता है और वह एक नये पेड़ पर अपना घोंसला बनाती है इस उम्मीद से कि शायद अब कोई उसका घोंसला नहीं तोड़ेगा।

ध्यान में ही परम शाँति है

दोनों भक्त मंदिर प्रांगण में खड़े थे। पहला कुछ देर तक मंदिर की भव्यता और मूर्ति की सौम्यता को निहारने के बाद बोला, "इसके निर्माण में मैंने रात–दिन एक कर दिये। पिछले दिनों यह नगाड़ा सेट लाया हूँ बिजली से चलने वाला। अरे भाई, आज के जमाने में बजाने की झंझट कौन करे?" फिर स्विच ऑन करते हुए कहा, "लो सुनो! तबीयत बाग–बाग हो जायेगी।" बिजली दौड़ते ही नगाड़े, ताशे, घड़ियाल, शंख सभी अपना–अपना रोल अदा करने लगे। पहला हाथ जोड़कर झूमने लगा। दूसरा मंद–मंद मुस्करा रहा था। जब पहले के भक्ति भाव में कुछ कमी आई तो दूसरे ने बताया, "उधर मैंने भी एक मंदिर बनाया है। आज अवसर है, चलो दिखाता हूँ।"

पहला दूसरे के पीछे हो लिया और दोनों एक चौराहे पर आकर खड़े हो गये।

दूसरा बोला "लो मेरा मंदिर आ गया।"

पहला बोला "यह तो एक चौराहा है!"

दूसरा बोला "देखो भाई यहाँ से चार रास्ते जाते हैं, पूरब, पश्चिम, उत्तर, दक्षिण। मेरा देश ही मेरा मंदिर है और इसके भी चार कोने हैं जिनकी रक्षा हमारे जवान रात–दिन रक्षा करते हैं। इसलिये उनकी सलामती के लिये मैं अपने मंदिर में कहीं पर भी ध्यान मुद्रा में बैठकर प्रार्थना करता हूँ बिना किसी नगाड़े के। बस मन के तार अपने भगवान तक मिला देता हूँ और बहुत शान्ति का अनुभव करता हूँ।"

पहला भी दूसरे के मंदिर में पहुँचकर बहुत शान्ति का अनुभव कर रहा था, पर अपनी बात ऊँची रखने के लिये बोला "यह तो बहुत कठिन होता होगा बिना किसी मूर्ति के?"

दूसरा बोला "नहीं कठिन बिल्कुल नहीं है यदि अपने प्रेमास्पद को इष्ट देवता के रूप में देखा जाए, तो मन बड़ी सरलता से भगवान की ओर चला जाता है। प्रेम भाव ही भक्त को ध्यानावस्था में ले जाता है।"

बात समझ में आने पर पहला भी दूसरे के साथ भगवान के बनाये प्रांगण में बैठकर अपने मंदिर को निहारने लगता है। फिर मंदिर में शान्ति बनाये रखने के लिये दोनों ध्यान में चले जाते हैं...

प्यार के भूखे

घर में आगमन होते ही वह कभी इस पायदान पर तो कभी उस पायदान पर डरा सहमा सा बैठ जाता। आज उसका नामकरण भी होना था तो पूजा के बाद नाम भी रखा गया 'ब्रूनो'। घर में सब उसके आने से बहुत खुश थे। कभी कोई उसे गोदी में लेता तो कभी कोई। बस सबसे छोटी बेटी जिज्ञासा जिसको बहुत डर लगता था, उसके इसी डर को ख़त्म करने के लिये यह निर्णय लेना पड़ा था। वह दूर खड़ी सब तमाशा देख रही थी और मन ही मन प्रसन्न भी हो रही थी। पर पास आने की हिम्मत नहीं जुटा पा रही थी। विनोद और नीरा यह सब देख रहे थे पर उन्हें उम्मीद थी कि एक ना एक दिन परिवर्तन ज़रूर होगा। ख़ैर...! ऐसे ही कई दिन बीत गये।

धीरे–धीरे दोनों में दोस्ती हो जाती है और इतनी गहरी कि खाना भी जिज्ञासा के हाथ से ही खाते हैं महाशय! सब काम दीदी से ही करवाने हैं जैसे हम तो कुछ ठीक करते ही नहीं थे।

अब तो आलम यह है जनाब कि अगर कोई उसे भूल से भी 'कुत्ता' कह दे तो उसको पूरा भाषण मिल जाता है "ये भी तो प्यार के भूखे होते हैं अगर हम इन्हें नहीं अपनायेंगें तो ये कहाँ जायेंगे? सरकार को हर घर में एक जानवर होना अनिवार्य कर देना चाहिये! ताकि इन्हें भी घर में होने का अहसास हो सके। ये भी तो हमारी तरह चलते–फिरते हैं फिर इन्हें घर क्यों नहीं?"

कल की डरने वाली मासूम सी लड़की आज एक "एन जी ओ" के माध्यम से सबको इन मासूमों की अपनी ज़िंदगी में अहमियत बताती हुई उनकी सेवा में दिन–रात लगी हुई है। यह सब देखकर नीरा और विनोद को अपने लिये हुए फैसले पर गर्व का अनुभव हो रहा है।

दबी हुई गूँज

"आज बड़ी शान्ति पसरी है क्या कोई नहीं है घर में?" कहते हुए मलय घर के अंदर प्रवेश करता है।

"अरे आ गये आप...! पता ही नहीं चला।" नीरा हाथ में पानी का गिलास लिये हुए आती है और फिर चुपचाप चाय बनाने में लग जाती है।

मलय को बड़ा ताज्जुब होता है यह सब देखकर। वह पूछ ही लेता है, "आज नहीं पूछोगी कि पूरे दिन क्या किया मैंने? रोज तो आते ही शुरू हो जाती हो फिर आज क्या हो गया?"

नीरा फिर भी चुप... मलय ने बोलना शुरू किया परंतु यह क्या? कोई जवाब दूसरी तरफ से नहीं आ रहा था।

वह तो बस गूँगी गुड़िया की तरह गर्दन हिला रही थी। जब बात ख़त्म हुई तब भी वह कुछ नहीं बोली। मलय की कुछ समझ नहीं आ रहा था आख़िर आज कोई सवाल क्यों नहीं आ रहा? चाय ख़त्म होते ही दोनों अपने–अपने काम में लग जाते हैं। घर में एकदम सन्नाटा पसरा था।

थोड़ी देर बाद उसके कानों में कविता की आवाज आती है जो एक काव्य चैनल पर चल रही थी और जब कवयित्री का नाम बोला जाता है "नीरा" तब बात उसकी समझ में आती है कि चुप रहने का कारण यह है।

"ओ.. हो...! तो ये बात है...! हमारी श्रीमती जी भी लिखने लगीं हैं," कहते हुए मलय नीरा की तरफ बढ़े। "चलो अच्छा हुआ, बरसों से चार दिवारी में दबी हुई गूँज को आज गुंज्जित होने का मौका मिल ही गया।" फेसबुक को धन्यवाद कहते हुए आगे बोला, अब हमारा दिमाग तो नहीं खायेगी हँसते हुए नीरा को गले से लगा लेता है नीरा भी मंद–मंद मुस्कराने लगती है जैसे कोई पुष्पित कली खिल रही हो।

उड़ान बाक़ी है

सरिता पचास साल पूरे कर चुकी थी। आज उसका जन्मदिन था। बालकनी में बैठी अपने जीवन का आकलन कर रही थी। क्या खोया–क्या पाया। अब आगे क्या–क्या करना है। कितनी जल्दी दिन बीत जाते हैं पता ही नहीं चलता। बचपन से लेकर आज तक की स्पष्ट छवि उसके आगे घूमने लगती है और वो छब्बीस साल पीछे चली जाती है....

जब उसकी शादी हुई थी उससे पहले उसके कितने पंख लगे थे तब वह उड़ना चाहती थी पर पंख जैसे शादी के बाद उड़ान भरना भूल ही गए थे। वहीं ठहर गये थे और जीवन की गाड़ी इतनी तेजी से पटरी पर दौड़ रही थी कि उसे पंख फैलाने का अवसर ही नहीं मिल पा रहा था। घर की और बच्चों की जिम्मेदारी इतनी थी कि जिससे पीछे नहीं हटा जा सकता था। वह यह सब बखूबी जानती थी और निभा भी रही थी। कभी हार ना मानने वाली हमेंशा अपने काम को अंजाम देने वाली भला आज कैसे चुप बैठ सकती थी? जबकि अभी तो उसकी "उड़ान बाक़ी थी।"

आज बच्चे अपने पैरों पर खड़े होने को तैयार थे। बस इसी उधेड़बुन में लगी थी कि अचानक द्वार की घंटी बजती है और वह दरवाजा खोलती है। बेटा माँ के गले लग जाता है माँ मुझे नौकरी मिल गई अब आपकी जो उड़ान बाक़ी रह गई थी, जो भी सपने अधूरे रह गये थे, उन्हें पूरा करने का समय आ गया है। मुझे बताओ, अब तक आप हमारी सहायता करतीं थीं आगे बढ़ने में, अब हमारी बारी है आपके सपने पूरे करने की।

इतना सुनना था कि माँ की आँखों से खुशी की अश्रुधारा बहने लगी। मानो आज उसने अपनी आँखों के पीछे संजोये सारे सपने पूरे कर लिये हों। आज दुबारा उसके पंख लग गये थे और वह पंख फड़फड़ा कर उड़ने को तैयार थी।